KB169205

사냥꾼들

사냥꾼들

주레신 지음
조은 옮김

고양이를 좋아하지 않거나 잘 모르는 사람들에게

이 책을 바칩니다.

등장 고양이 소개

나리

타고난 사냥꾼.
사냥의 여신 아테나처럼
동에 번쩍 서에 번쩍하면서
불시에 사냥물을 물어와
같이 사는 인족人族에게
상으로 주곤 한다.

머글

늑대처럼 고독을 즐기며
야성이 충만하다.
집에 들어오지 않는 밤이면
바깥에서 처연하고도
우렁찬 싸움 소리가 들려온다.

아빠냥

배가 하얀 치즈냥으로, 매우 수다스럽고
마중과 배웅을 즐긴다. 집을 나서거나
집으로 돌아가는 인족과 함께 걸으며
한담을 나누다가 쿨하게 헤어지곤 한다.

리가보

『홍루몽』의 가보옥처럼
해사하고 수려한 고양이 왕자.
묘족과 어울리지 않고
한 사람만을 사랑했으며
그 마음이 죽을 때까지 변치 않았다.

금침

불세출의 고양이 대왕.
순행에서 돌아올 때마다
모든 인족이 모여 열렬한
환영식을 열어줘야 한다.

영웅

전형적인 검은 고양이.
노동자가 되겠다는 큰 뜻을 품고
날마다 담벼락에 올라
건설 노동자들이 일하는 모습을
넋 놓고 지켜본다.

아마

잿빛 무늬가 어지러이 찍힌 털, 못생긴 얼굴에
늘 눈을 부릅뜨고 굳은 표정을 하고 있지만
최선을 다해 새끼들을 돌보는 훌륭한 엄마.

신신

밥도 필요 없고 오로지
사랑만을 원하는 고양이.
스스로를 사람과 동일시한 나머지
날렵한 천성마저 잃어갔다.

서문

원래 이 책은 2000년대 초 몇 년 동안 우리 가족과 내가
운 좋게 알게 된 묘족猫族의 이야기를 기록해두려는
것이었다.

이들 묘족은 모두 길에서 잇따라 냥줍🐾한 고아들이었다.
젖을 줄 엄마냥이 먹이를 구하러 나갔다가 변을

🐾 곤경에 처한 길고양이를 데려와 보살피는 일을 말한다. 다만 무분별한
냥줍은 금물. 어미가 잠시 자리를 비운 것일 수도 있으니 깨끗하고 건강해
보이는 아기고양이라면 함부로 만지거나 데려와선 안 되고 하루 이상 지켜
봐야 한다.

당하거나(차에 치이거나 개한테 물려 죽는 일이 많다), 살아남기 힘든 환경이다 보니 엄마냥이 마음을 독하게 먹고 새끼를 일부러 도태시켜버린 경우도 있었다. "사람도 살기 힘든데 무슨 고양이 걱정을?" "자연의 섭리야. 개입하지 말자." 흔히 접하는 이런 태도나 충고를 차마 받아들일 수 없었던 우리는…… 그들에게 살길을 마련해주었다.

우리는 그들과 한 지붕 아래 살되 각기 독립적으로 지냈다. 나는 그들이 애완동물이라거나 나만의 귀한 소유물이라는 망상은 해본 적이 없다.

자라나고, 어른이 되고, 늙어가고, 떠나가고…… 다채롭고도 고단한 그들의 묘생을 날마다 목도하며 나는 너무나 궁금해질 수밖에 없었다. 이들의 엄마는 누구일까? 이들만큼이나 신비롭고 흥미로울 형제자매는 어디서 어떻게 지낼까? 길 생활이 견딜 만할까? 아내가 예쁘면 처갓집 말뚝에도 절을 한다고, 우리는 그들을 냥줍했던 곳으로 하루에 한 번씩 찾아가 밥을 주기 시작했다. 그리고 끊임없이 새끼를 낳아 키우다가 비참한 최후를 맞곤 하는 엄마냥들을 중성화시켰다.

길고양이 중성화는 많은 국가와 도시에서 행하고 있는, '포획 후 살처분'을 대체할 수 있는 방법이다. 사실

유럽과 미국의 몇몇 도시에서는 이미 몇 년 전부터 이렇게 인도적이고 문명적인 방식으로 길고양이 개체 수를 적절하게 조절해왔다.

우리는 우리가 사는 동네에 그치지 않고 타이베이시 정부를 설득해 '길고양이 TNR 계획'을 함께 추진하기 시작했다. TNR이란 길고양이를 안전하게 '붙잡아Trap' '중성화Neuter'시킨 뒤 '제자리로 돌려보내는Return' 것이다. 현재 타이베이의 절반 가까운 지역에서 이 방식으로 방향을 틀었다.

이게 중요하냐고? 나는 대단히 중요하다고 본다. 우리가 쓰레기를 치우는 태도로 생명이 있는 '무용지물'을 대하는 데 거리낌이 없어진다면, 머지않아 자원이 부족해질 어느 날 (세금은 못 내고 복지만 적용하는) '무용지인'도 이런 식으로 대하게 되지 않을까? 노인, 장애가 있는 사람, 산재를 당한 사람, 가난한 사람…… 가장자리에 있는 약한 이들을, 자신과 다르다고 여겨지는 부류를 양파 껍질 까듯 하나씩 하나씩 벗겨내게 되리라.

잔혹한 마음은 쉽게 길러진다. 그렇다면 동정심 또한 연습을 통해 기르지 못하리라는 법이 없다. 우리가 다음 세대에게 보여줄 생명을 대하는 태도는 무엇인가? 과연 어떤 모범을 보일 셈인가?

그런 까닭에, 이 책은 집에서 평안히 늙어가는 몇몇 사랑스러운 고양이를 담은 이야기에 그칠 수 없다. 집 근처 골목에서 만나는 길고양이 이야기에 그칠 수도 없다. 이 책은 인족이 모든 자원을 독점한 지구에서 살아남으려 애쓰는 묘족의 생애와 처지(심지어 전기)를 쓰겠다는 허황된 꿈이다. 끝내는 그저 그들이 이 세상에 총총히 왔다 갔다는 증거로만 남을지도 모르지만.

정말로 짧게, 총총히 왔다 갔다. 겨우 오륙 년 사이에 이 책에 나오는 거리의 고양이들은 세대가 몇 번이나 바뀌었고, 집에 있는 고양이들도 몇 마리씩 늘었다 줄었다 했다. '밥이 아닌 사랑을 원하는 고양이', 나를 자신의 동족으로 삼아준 신신은 올여름 어느 날(실은 아주 또렷이 기억한다. 8월 13일이었다) 집을 나섰다가 돌아오지 않았다. 톈원🐱과 나는 모진 병을 앓는 듯한 상태로 열흘이 넘도록 신신을 미친 듯이 찾아 헤맸다.

🐱 저자 주톈신의 언니 주톈원朱天文을 가리킨다. 주톈신 가족은 타이완에서 이름난 문학 가족으로, 아버지 주시닝朱西甯은 소설가, 어머니 류무사劉慕沙는 일본문학 번역가이며 세 딸 주톈원·주톈신·주톈이朱天衣 모두 글 쓰는 사람이 되었다.

사람을 끌어안고 사람 등에 업히기를 좋아한 베이스

　이 책은 거리에서 살아가는 동물을 문명적으로 대하는 길을 모색하고 추구한 우리 세대의 기록이다. 사실 이 모든 것은 간단하기 그지없는 일일지도. 반세기 전 마하트마 간디가 했던 말처럼 말이다. "한 나라의 위대함과 도덕적 진보는 그 나라에서 동물이 받는 대우로 가늠할 수 있다."

차례

사냥꾼들

집에 있는 암고양이를 중성화시키지 않던 시절—아아,
참으로 행복했던 그 시절, 신하이⁺ᵡ 터널 남쪽 산비탈에
있는 동네는 전체가 오십 가구도 안 되었고, 그중 우리
집에만 고양이가 있었다. 고양이들은 본능적으로 친족 간
짝짓기를 피했기에 개체 수가 완만하게 늘었다. 간단히 말해
중성화를 시킬 필요가 없었다—우리는 엄마가 된 지 얼마
안 된(보통 두 달쯤 된) 고양이들이 실시하는 야간 훈련에
아주 익숙했다.

　신비롭고도 청명한 밤, 어느 구석에서 젖먹이 아가냥들이

응석을 부리거나 애원을 하거나 울고불고하는 소리가
들려온다. 침대에서 일어나 내다보지 않아도 어떤
상황인지는 빤하다. 엄마냥이 아가들을 높은 데(꽃밭에
두른 나지막한 담이나 나무 가장귀)에 물어다 놓고 뛰어내리는
연습을 시키는 거다.

　이런 일을 오래 겪어온 우리는 마음을 굳게 먹고
간섭하지 않는다. 예전에 아기고양이가 사정하는 소리를
듣고 도와준답시고 끼어들었다가(가장 약한 녀석이 감히
뛰어내리지 못하고 있기에 손을 뻗어 담장에서 내려주었다)
자존심이 하늘을 찌르는 엄마냥의 화를 단단히 돋우어 쌩
가버리게 만든 일이 있었다.

　이어지는 훈련에서는 마음을 더더욱 단단히 먹어야 한다.
엄마냥이 살아 있는 무언가를 물고 오는데, 피를 목격하게
될 때도 종종 있다. 비밀동맹에서 입술에 피를 적셔
맹세하듯, 엄마냥은 어린 자식들을 차례차례 앞으로 불러내
사냥 연습을 시킨다. 디스커버리 채널에서 숱하게 본
광경이다. 고양잇과 동물의 어미가 무리에서 떨어져 나온,
상처는 입지 않은 새끼 가젤을 몰면서 자기 새끼들에게
반복 훈련을 시키는 장면. 뒤쫓고, 덤비고, 넘어뜨리고, 목을
물어뜯고…… 그들은 심지어 새끼 가젤을 하루 이틀쯤

살아 있는 교재로 삼기도 한다.

좋은 음식을 배불리 먹는 도시의 집고양이도 이 장면을 끊임없이 재연한다. 아마도 백만 년 동안 핏속을 흘러온 선조들의 유전자가 소환된 것이리라. 이 멋진 기술이 퇴화되게 놔두고 싶지는 않을 터.

엄마냥들을 중성화시키는 시대가 시작되자 우리는 엄마 잃은 아가냥을 드문드문, 잇따라 거두게 되었다. 그들은 엄마한테서 어떤 기예도 전수받을 겨를이 없었지만 그건 아무런 문제가 되지 않았다. 배불리 먹고 편히 살면서도 그들은 별 지장 없이 뛰어난 사냥꾼으로 자랐다. 그런데 이 사냥꾼 명단에 수고양이는 한 마리도 없다. 고양잇과 수컷이 대개 이렇다. 어쩐지 자미두수🐱 천동좌 복덕궁 운세인 딸아이 멍멍ᵐᵐᵐ이 이런 제안을 하더라니. 다음 생에는 잊지 말고 고양잇과 수컷으로 환생하자고, 가능하면 치타로 태어나자고 말이다. 그들은 평생을 놀고먹는다나.

우리 집안 고양이 역사상 1, 2위를 차지해야 마땅한 사냥 고수는 땅콩과 나리다. 땅콩은 고양이 왕조의 무측천 또는

🐱 중국 송대의 도인 진희가 창안한 역술. 북두칠성의 기준점인 자미성의 위치나 빛으로 길흉과 운명을 점친다. 지금도 타이완 사람들은 운세를 보거나 성격을 판별할 때 별자리를 매우 중요한 기준으로 삼는다.

예카테리나 2세라 할 만한 전무후무하고도 유일무이한
존재였다.

땅콩은 오빠인 금침🐈과 목이🍄 보다 반년쯤 늦게
주워왔는데, 근처에 사는 늙은 외눈박이 고양이가
오빠들을 낳고 그다음 배에 낳은 새끼인 게 거의 확실했다.
땅콩은 하얀 바탕에 삼색 반점이 있는 고양이로, 진정한
삼색이라 할 수 있는 카오스냥보다 몸이 훨씬 더 길쭉하고
얼굴은 역삼각형이며, 골격은 큰데 살집은 없는 깡마른
체형이었다. 관례대로 땅콩은 발정이 오기 전에 중성화
수술을 했다. 그때 우리 집에는 노약자, 부녀자, 어린이
고양이 일고여덟 마리가 있었고 왕이 될 만한 고양이는
오직 금침뿐이었다. 금침과 한배에서 난 형제 목이는
외모만 준수할 뿐 어릴 때 고열에 시달리는 바람에 머리에
문제가 있었다. 목이는 스스로를 개라고 여기며 날마다
견족犬族 무리에 끼어 지냈고, 아주 조그만 암캐를 엄마로
알아 그에게 아침저녁 지극정성으로 문안을 드리며
개 엄마의 머리를 끈덕지게 핥아주었다. 금침은 대부분

🐈 타이완에서는 원추리를 '금침화金針花'라고 부른다.
🍄 버섯에서 따온 이름.

원정을 떠나 짝을 찾아다녔다. 금침의 영토는 대단히
넓었다. 금침은 산비탈에 있는 오래된 동네와 새로 생긴
동네 여러 곳을 두루 통치했고, 대략 열흘에 한 번쯤 짬을
내서 집에 돌아와 상처 치료를 받으며 휴양하곤 했다.
그리하여 집 주변 영토는 땅콩이 관할하고 있었다.

　땅콩은 온종일 모든 골목을 샅샅이 순찰하고 다녔다.
자신의 미모를 흠모해(중성화를 했어도 품격은 여전한
땅콩이었다) 다가오는 수고양이들의 호의를 받아주기는커녕
그들을 흠씬 두들겨 패는 통에 간신히 목숨만을 건진
그들은 슬피 울부짖으며 달아나야 했다. 땅콩은 집에 있는
묘족도 멸시했다. 집에서도 언제나 높은 곳에 자리 잡고
앉아 성난 눈으로 사방을 내려다보며 목구멍에서 불평불만
가득한 소리를 뿜어냈고, 그 기세에 견족마저 오싹해하며
움츠러들곤 했다. 묘족 어린이들은 천진난만하게
치고받으며 소란을 피우고, 노약자들은 종일 꾸벅꾸벅
졸고, 머리에 문제가 있는 오빠 묘이는 불시에 땅콩의
목덜미를 깨물고 집적거리며 구애의 몸짓을 하고……
　이런 처지에서 땅콩이 무엇으로 시름을 풀겠는가?
사냥밖에 없었다.

땅콩(왼쪽)과 오빠 금침.

　땅콩은 도마뱀을 손쉽게 사냥해 입에 물었고, 우리에게
자랑하는 동시에 먹잇감을 지키려 경계하는 소리를 냈다.
그 도마뱀은 딸아이 멍멍이 특별히 좋아하는 도마뱀이었기에
우리는 급한 대로 고양이 비스킷을 뿌려주며 땅콩이
입을 벌리게 했다. 사냥 고수 땅콩은 비스킷을 유난히
좋아했던지라 매번 이에 응해 죽은 척하는 도마뱀을
내려놓고 비스킷에 탐닉했고, 우리는 그 틈을 타서 도마뱀을
멀찍한 데 방생하곤 했다.

　오래지 않아 양상은 이렇게 발전했다. 땅콩은 비스킷이
먹고 싶으면 도마뱀을 잡아다가 우리에게 돌려주곤

비스킷을 받아갔고, 이런 일이 하루에도 몇 번씩 되풀이되었다. (짐작건대) 땅콩은 비스킷을 먹으며 속으로 이렇게 탄식했으리라. '이 집사는 대체 도마뱀을 왜 이리 좋아한대!'

언젠가 땅콩이 머리끝에서 꼬리 끝까지 길이가 삼십 센티미터가 넘는 험상궂은 도마뱀을 사냥하려 한 적이 있었다. 땅콩에게 쫓긴 도마뱀은 사나운 용처럼 온 집 안을 미친 듯 질주했고, 불시에 두 앞발을 쳐들고 입을 쩌억 벌리며 반격 자세를 취했다. 이번에는 누구도 감히 손이나 빗자루를 써서 도마뱀을 방생할 수 없었다. 우리는 당장 병력을 두 갈래로 나누어 식탁 모서리를 둘러싸는 한편, 신하이초등학교로 달려가 공부하고 있는 명명에게 급히 지원을 요청했다. 학교 보안관과 선생님에게는 심각한 얼굴로 집안에 긴급한 일이 생겼다고 둘러댔다.

과연 명명은 우리의 기대에 부응했다. 명명은 마치 119 대원처럼 맨손으로 두세 번 만에 그 날쌔고 사나운 용을 붙잡아 뒷산에 방생했다.

그 뒤로 몇 차례 우리는 땅콩의 물물교환 요청에 응하지 않고 버텨보기로 했다. 땅콩처럼 똑똑한 고양이라면 버릇을 고치겠지 싶었다.

땅콩은 영리했다. 그러나 우리가 하루아침에 도마뱀을 싫어하게 되었다는 사실을 이해하고 받아들일 만큼 영리하진 않았다. 땅콩은 사냥감을 바꾸었다. 참새, 청개구리, 큼지막한 빨간 메뚜기, 어느 이웃집에서 소금과 술에 재워놓은 냄비 속 삼치……. 그러면 우리도 당황했다. 묵직한 목소리로 그러지 말라고 훈계하기라도 하면 땅콩은 휙 돌아서서 창문으로 뛰어올라 담을 넘어 집을 나가버렸기 때문에 우리는 참을성 있게 좋은 말로 타일렀다(그러면 땅콩은 날카롭게 받아쳤다. "전에는 됐잖아, 지금은 왜 안 되는데?").

마침내 어느 날, 기괴한 아오아오 소리가 3층을 뒤흔들었다. 의기양양하면서도 다른 묘족과 견족의 접근을 경계하는 듯한 그 소리의 주인공은 바로 땅콩이었다. 냅다 달려가보니 방 안에 들큼한 피비린내가 가득하고 탁자 밑에는 신선한 피가 흥건한 가운데…… 어지러이 널린 깃털로 보건대 그것은 비둘기였다!(맙소사! 혹시 경기용 비둘기를 키우는 이웃집의 그 엄청 비싼 비둘기?)

우리는 냉철하게 해결해보기로 의견을 모았다. 타이르지도 나무라지도 어르지도 않기로, 정해진 시간에

고열에 시달리다 머리에 문제가 생긴 목이와 갓 데려온 어린 토로.

밥 달라고 보채는 땅콩, 황미, 목이.

배불리 먹이기로(땅콩의 사냥 습성은 배가 부르고 말고와는 아무 관계도 없다는 걸 진즉에 알았지만 말이다). 우리는 우리가 많은 집에서 사람과 동물이 맺고 있는 '정상적인 관계'로 돌아가기를, 땅콩이 우리에게(우리가 도마뱀을 먹고 싶어하는지 비둘기를 먹고 싶어하는지) 그렇게 신경 쓰지 않기를 바랐다. 땅콩이 자기는 고양이라는 걸, 묘족에 속한다는 걸 분명히 깨달았으면 했다.

처음에 땅콩은 단념하지 않았다. 집에서 사람들이 오가는 주요 길목(보통 식탁과 거실 사이의 긴 소파 등받이)에 웅크리고 앉아 사람이 보일 때마다 끈질기게 이의를 제기했다. 왜 일방적으로 계약을 파기했지? 내내 잘해왔던 재미나고 맛있는 교역 놀이를 왜 더는 안 하겠다는 건데? 분명 일리 있는 주장인지라 우리는 대답할 말이 없었다. 때로는 마음씨 좋은 사람이 두 손을 벌려 보이며 어쩔 수 없다는 듯 말했다. "(비스킷) 없잖아." 그러면 땅콩은 날카롭게 말을 끊었다. 그야말로 귀를 틀어막고 타협을 거부하는 태도였다.

나중에 땅콩은 대꾸도 없이 상처받은 기색으로 창문 밖으로 뛰쳐나갔다.

집에 고양이가 많다 보니 귓전이 한동안 조용하다는 걸 느끼고 나서야 땅콩이 이틀째 집에 없다는 사실을 알아차렸다. 우리가 사방으로 얼마나 소리쳐 부르고 다녔는지는 말하지 않겠다. 일주일 뒤, 뒷산에 있는 아파트의 경비원이 우리가 고양이를 찾고 있다는 걸 알고는 전날 지하 주차장 쓰레기장에서 죽은 고양이 한 마리를 발견했다고, 외상이 없는 걸로 보아 독을 먹거나 교통사고로 죽은 것 같지는 않았다고 말해주었다. 우리는 고양이가 어떻게 생겼느냐고 물었다(이미 환경미화원이 즉석에서 처리했을 터였다). 땅콩이 거의 확실했다.

현장에서 목격하지 않았기에 우리는 다른 개나 고양이가 떠나갈 때처럼 통곡하지는 않았다. 그저 한없이 슬플 뿐이었다. 부르면 걸어 나올 법한 역사 속 영웅호걸, 문학작품 속 등장인물 같았던 땅콩. 지극히 총명하고 도도한 생명의 가장 허무한 최후였다.

고대 이집트의 유일한 여자 파라오였던 핫셉수트 왕조가 사라진 것처럼 우리와 묘족이 함께한 시절의 유일한 모계 왕조였던 땅콩 왕조는 이렇게 끝나버렸다. 땅콩은 쓰레기 더미로 먹이를 찾아 나서야 했을 만큼 배가 고팠단 말인가? 몇 발짝만 걸으면 집인데 어째서 돌아오려 하지 않았단 말인가? 변덕스럽고 정신 나간 집사(땅콩은 틀림없이 이렇게 여겼으리라!)의 손에서 더는 빌어먹고 싶지 않았단

말인가……? 나는 자꾸만 치밀어오르는 이런 생각을
억눌렀다.

암컷 묘족과 수컷 묘족은 인족에게 품는 감정이 상당히
다르다. 나는 양쪽 모두를 너무나도 사랑하여 어느 한쪽을
택할 수가 없다.

수컷 묘족은 대개 나이에 관계없이 우리가 자신에게
무해하다는 사실을 확인하면, 게다가 우리가 숙식까지
제공한다면 금세 우리에게 몸과 마음을 송두리째 바친다.
한창나이에 연애하는 한 남자가 연인에게 하는 행동에
결코 뒤지지 않는다. 암컷 묘족은 후세를 길러야 한다는
강한 책임감 때문인지 상당히 보수적이고 신중해 보인다.
암고양이는 시시각각 남몰래 우리를 관찰하며 점수를
매기고, 또 그와 똑같은 양의 믿음과 애정을 계산해서
내보낸다. 나는 여태껏 수고양이처럼 그렇게 배를 까고
급소를 내보인 채 무릎에 누워 사람에게 모든 걸 내맡기고
단잠을 자는 암고양이는 본 적이 없다. 그러나 멀리서
아무 기척 없이 동그래진 눈동자로 우리를 뚫어져라
응시하는 존재, 우리의 발목에 지그시 부비적거리는(일에
몰두해 있을 때면 눈치를 못 챌 수도 있다) 존재가 누구겠는가.
바로 우리에게 애정을 느낀 암고양이다. 몸으로 하는

그 말을 사람 말로 옮기면 이러하다. "넌 내 거야, 넌 내 거라고……."

이렇게 함으로써 그는 자신의 입과 코, 뿌리 분비샘에서 나오는 냄새를 우리 몸에 묻혀 확실하게 선포한다. 이것은 나의 영토이니 다른 자가 넘봐서는 아니 된다고. 이보다 더 감동스럽고 정겹고 진심 어린 말을 어떤 인족의 입에서도 들어본 적이 없다.

사냥꾼 이야기로 돌아오자. 말 그대로 진정 훌륭한 사냥꾼은 자식을 정성껏 키워야 하는 운명을 가진 암고양이들이다. 엄마가 되어봤든 그렇지 않든, 중성화를 거쳤든 안 거쳤든.

사냥꾼 나리.

땅콩의 뒤를 이은 공인 사냥꾼은 나리였다.

나리는 태풍 나리가 타이완에 상륙하기 전날 저녁 사람의 집으로 팽개쳐진 아가냥이었다. 성기를 확인할 수 없을 만큼 작았지만 우리는 보자마자 그가 암컷임을 알아차렸다. 이런 회갈색 줄무늬 아가냥은 보통 얼굴이 둥글면 수컷(크면 대개 매우 어수룩해진다), 뾰족하면 암컷이다. 배가 하얀 치즈냥은 90퍼센트가 수컷, 삼색이와 카오스는 99.999퍼센트가 암컷(지금껏 나타난 유일한 수컷은 일본인이 표본으로 만들었다고), 온몸이 치즈 줄무늬면 90퍼센트가 수컷, 새까만 고양이는 암수 반반이라는데 우리는 아직 암컷 한 마리밖에 만나보지 못했고, 배가 하얀 줄무늬냥과 젖소냥도 암수 반반…… 이는 순전히 오랫동안 고양이들과 함께한 경험에서 나온 수치다.

나리의 아명은 나나였다. 나나는 어려서부터 어른 묘족과 가까이 지내지 않았으며 견족도 거들떠보지 않았다. 낮에는 집에 머물지 않고 우리 집과 뒷집인 슈퍼마켓 사이에 있는 녹지를 어슬렁거리다가 저녁에 소리쳐 부르면 돌아와서 밥을 먹고는 또 돌아서서 종적도 없이 사라졌다. 한동안 우리는 끝내 나나를 잃고 말 거라고 생각했다.

나리와 삼배토.

나리가 집에 있을 때.

나중에 슈퍼마켓 판潘 사장님에게 듣기로는, 나나가
날마다 풀숲에 풀어놓는 '삼배토'(이름에서 알 수 있듯이
사장님이 친구의 입에서 황급히 구해낸 토끼였다🐈)라는 누렇고
투실투실한 토끼와 어울려 지낸다는 것이다. 판 사장님이
(세 살이 안 된 사장님의 일남 일녀까지 포함한) 동물과 더불어
살아가는 방식은 우리와 상당히 비슷했다. 아이들은
슈퍼마켓 옆에 있는 영어 유치원에 가는 대신 날마다 햇볕
아래서 맨발로 아빠를 따라다니며 그린벨트 풀숲에서
벌레를 잡고 흙장난을 했다. 판 사장님은 풀숲에 쪼그려
앉아 꽃을 심거나 흙을 북돋울 때마다 자신을 노려보는
사냥꾼의 눈초리가 느껴진다고 했다. 확인해보니 조그만
얼룩 고양이 한 마리가 우거진 풀숲이나 관목 틈새에
몸을 숨기고 있었다고(서로 말을 맞춰보니 우리 나나가
틀림없었다). 다만 나나가 사냥하려는 대상은 판 사장님이
아니라 몸집이 자기의 세 배는 됨 직한 삼배토였다.
삼배토는 온종일 땅굴 파는 데에만 정신이 팔려 그 무엇도
거들떠보지 않았다. 나나가 화살처럼 시도 때도 없이

🐈 삼배三杯는 참기름, 간장, 곡주가 한 잔씩 들어가는 타이완 특유의 요리
법이다.

등으로 날아들어도 아랑곳없었고, 때때로 나나가 목덜미를
물어뜯어도 조금도 겁내지 않았다. 날이 저물면 판 사장님은
토끼를 철사 우리로 들여보냈다. 원래 어디에 쓰이던
우리인진 몰라도 위쪽으로 다락방 같은 공간이 층층이
있었는데, 나나는 초대를 기다리지도 않고 자연스레 그리로
들어가곤 했다. 삼배토는 아래층에서 털을 고르고, 나나는
위층에서 털을 고르고. 그야말로 에덴동산 시절처럼
순수하고 즐거운 나날이었다!

얼마 뒤에 판 사장님은 야시장에서 친구가 소시지를
맞히고 상으로 받은 어린 토종닭 두 마리를 넘겨받았다.
그리고 역시나 그가 관례대로 닭을 가두지 않고 키우는
모습을 보면서 우리는 남몰래 안절부절못하고 있었다.

그날은 상당히 빨리 찾아왔다. 우리는 닭이 꼬꼬댁
울어대는 소리를 아주 또렷이 들었다. 바로 귓전에서,
집 안에서! 우리는 부리나케 일어나 소리가 나는 곳으로
우르르 몰려갔다. 2층 뒤 베란다에 나나가 어린 닭
한 마리와 나란히 앉아 있었다. 닭은 다치지도 놀라지도
않은 상태였고, 나나도 눈을 가늘게 뜨고(하품과 같은 신체
반응으로, 흥분이 극에 달한 뒤 마음을 누그러뜨리기 위해 하는
행위다) 우리를 지그시 바라볼 뿐이었다. 닭보다 그리

크지도 않은 나나가 쉴 새 없이 꼬꼬댁거리고 퍼덕거리는
닭을 입에 물고, 여유를 부리지도 서두르지도 않으며
풀숲을 달리고 개울을 뛰어넘어, 나지막한 담장에
뛰어올라, 소리를 듣고 달려와 관심을 보이거나 사냥물을
빼앗으려는 다른 묘족을 지나, 벽을 타고 2층으로
올라와서는…… 그 과정을 대략적으로 상상해 갈채하고
환호할 겨를이 없었다. 그렇다고 나나를 꾸짖을 수도 없는
노릇이었다. 우리는 잠자코, 서둘러 닭을 붙잡아
판 사장님에게 돌려보냈다.

　적어도 하루에 한두 번씩 이 소동이 일어났다. 장소는
종종 바뀌어 (창문이 열려 있으면) 집 안일 때도 있었고,
3층일 때도 있었다. 어느새 익숙해진 건지 닭은 울지도
않았고, 그러다 보니 우리가 뒤늦게 발견했을 때는 두
동물이 서로 기댄 채 꾸벅꾸벅 졸고 있기 십상이었다.

　판 사장님이 평소처럼 닭을 데려가던 어느 날 마침
뤄이쥔駱以軍🐱이 우리 집에 와 있었던 걸로 기억하는데, 그가
휘둥그레진 눈을 하고 혀를 내두르는 걸 보고서야 그동안

🐱 타이완의 작가. 장편소설 『서하여관西夏旅館』으로 2010년 홍루몽상을
수상했다.

우리가 이 일을 너무 가볍게 여겼구나 싶었다. 그리하여
우리는 사장님에게 닭을 가두든 어쩌든 보호할 방법을
찾는 게 어떻겠냐고 진지하게 건의했다.

사장님은 그래도 자연의 이치에 따르자고, 자연 생태를
존중해 닭도 고양이도 속박하지 말자고 답해왔다.

……그러나, 그러나 이 '자연 생태'에서 우리 집 동물은
아무튼 포식자 쪽이 아닌가.

어느 날부터 닭 한 마리가 다시는 돌아오지 않았다.
나나가 처치했는지(닭은 이미 나나보다 몸집이 커진 상태였다),
아니면 자꾸만 자기 사냥물을 가져가는 우리가 성가셔서
아예 멀찌감치 황량한 뒷산으로 데려갔는지 어쨌는지는
알 수 없었다. 판 사장님과 우리는 닭을 애써 찾지 않고
서로를 탓하거나 사과하지도 않았지만, 양쪽 모두
당황스럽고 괴로운 마음이 드는 것은 어쩔 수 없었다.

닭이 없어지자(판 사장님은 결국 살아남은 한 마리를
슈퍼마켓에 들여놓고 그가 자신의 두 아이와 마찬가지로 맨발로
마음대로 돌아다니게 했다) 나나는 내가 무척 좋아하는
동박새를 노리게 됐고, 작은 새는 놀라지도 겁먹지도
않고 외상도 없이 눈을 뜬 채로 죽었다. 상황을 이해하지

나나.

못한 나나는 새가 다시 퍼덕이며 야생의 생명력을 회복해
게임을 이어가주기를 기대하며 새를 공중에 던졌다.
나나의 목구멍에서는 야릇한 소리가 났고(이해가 안 가서?
불만스러워서?), 나는 아무 기척 없이 그 모습을 옆에서
지켜볼 따름이었다. 나나의 야성에 사로잡힌 나는 어느
편에 서야 할지, (한두 번 새가 아직 살아 있을 때) 끼어들어야
할지 말지 결정할 수가 없었다. 그러면서 내가 왜
내셔널지오그래픽이나 디스커버리 채널을 잘 못 보는지
퍼뜩 깨달았다. 먹이사슬의 어느 한쪽이 고통받거나 갈증과
허기에 시달리거나 사냥당해 먹히거나 사냥에 실패하는

장면을 보면…… 정말이지 조물주의 잔혹함에 진저리가
났다. 이런 악의적이고 웃기지도 않은 장난이 지겹지도
않나 싶었다. 그런데 애초에, 애초에 조물주는 나와 같은
처지였던 거다. 끼어들어야 할지 말지를 모르는 거다.
그러니까 내가 사랑하는 쪽은 아무래도 강자인데, 깊이
동정하고 손 내밀어 운명을 바꿔주고픈 마음이 간절하게
드는 쪽은 약자다(동박새든 사람이든). 그러다 보니 시간이
지체되고, 허비되고, 조물주도 나도 똑같이 속수무책으로
보고만 있게 되는 상황이 다반사다.

(멍멍이 나더러 야생동물 연구자나 생태 사진가는 절대 못 될
거라고 했더랬다. "엄마는 한밤중에 몰래 총을 꺼내서 영양을
쏠걸. 그렇게 그 상처 입고 굶주린 고양잇과 짐승을 먹일걸. 기어이
끼어들고야 말 거야.")

행복한 사냥꾼 나나가 들락날락 바삐 움직이는 모습은
사냥의 여신 아테나처럼 눈부시게 황홀했다. 나나는
땅콩처럼 물물교환이라는 난감한 상황에 빠진 적도 없었다.
자신의 훌륭한 솜씨에 우리가 탄복한 사실을 아는 듯,
나나는 대단히 사냥꾼다운 방식으로 우리에게 보답했다.
평소처럼 탕누어唐語🐈가 바닥에 엎드려 책을 읽고 있을
때였다. 나나가 창문으로 뛰어들더니 물고 온 것을 펼쳐진

책 위에다 툭 떨어뜨렸다. 탕누어와 똑같이 놀라서 눈이 휘둥그레진, 아직 털도 나지 않은 살아 있는 생쥐였다. 나나는 아프리카 초원의 사자처럼 한쪽에 한가로이 누워 꼬리를 탁탁 치며 자기 뜻을 분명히 밝혔다. "자, 너한테 주는 상이야."

탕누어는 나나에게 고맙다고 하고는, 침착하게 책을 덮고 일어나 쥐를 풀어주러 나갔다.

이 지경에 이르도록 함께 지내다 보면 마음 아픈 순간이 숱하게 찾아온다. 이를테면 쓸쓸하고도 결연한 마음으로 출국할 때, 비행기에 올라 나도 모르게 탄식하기 시작한다. 가엾은 나나, 너는 관수리가 노니는 이 드넓은 하늘을 모르지. 비행체란 것이 어떤 건지도, 맛있는 이국의 물고기도, 외국이 이렇게나 많다는 사실도 모르지. 세상이 이토록 넓다는 걸 너는 도저히 알 수 없겠지…… 사랑하는 대상과 같은 경험을, 기억을, 지식을, 심정을 나눌 수 없다는 사실에 나는 슬픔을 금할 길이 없다(물론 가장 격렬한 형태는 죽음이겠지만). 죽음과는 무관하게, 메꿀 길 없는 우리

🐱 주톈신의 남편으로 본명은 셰차이쥔謝材俊이다. 전문 독서가 겸 작가로 『마르케스의 서재에서』 『명예, 부, 권력에 관한 사색』 『한자의 탄생』 등을 썼다.

인족과 함께 살게 된 사냥꾼 나나.

사이의 균열을 절감한다.

다만 나는 짐작을, 이런 짐작을 할 뿐이다. 나나는
우리 집에서 몇백 미터(암고양이의 영역은 그리 넓지 않다)
이내에 있는 그린벨트 풀숲과 산비탈과 잡초로 뒤덮인
옹벽에서 한가로이 노닌다. 별빛이 쏟아지는 밤에,
상쾌한 산들바람이 불어오는 새벽에, 뭇 새들이 둥지로
돌아가는(이 때문에 마음이 얼마나 어수선할까) 황혼 녘에……
나나는 한두 시간을, 아니 더 많은 시간을 풀숲에 웅크린
채 매처럼 무자비한 눈으로 목표물을 쏘아본다. 기민하고

눈치 빠른 참새 또는 눈 감고 정좌하는 냉혈 개구리를 노리는 나나, 아울러 온갖 생물의 저항과 도주…… 나나는 이렇게 생각하리라. 아이고, 똘똘하고 모든 걸 다 안다 싶은 내 집사도 이 즐거움은 결코 알 수 없겠지. 갖가지 소식을 실은 산들바람이 풀 끝을 스치고, 풀 끝은 가장 예민하고 가느다란 배털을 사박사박 훑고, 그 빛과 그림자는 초 단위로 또는 그보다 더 미세하게 달라지고, 백만 년간 뜨거운 핏속에 응축된 조상들의 목소리에 소환되는 그 순간, 시간은 시간이 아니다(이탈로 칼비노가 말했다. 이야기 속에서 시간은 시간이 아니라고). 발톱 아래서 경련하는 모든 동물의 목구멍을, 하나같이 부드러운 목구멍을 서둘러 물어뜯지 않고, 서둘러 숨통을 끊지 않는다…… 딱정벌레가 어떻게 토막 났는지, 하늘을 날던 새는 어떻게 날개깃과 꽁지깃과 발톱과 머리만 가지런히 남게 됐는지 그는 모르겠지…… 얼굴을 닦고 털을 고르고, 최후의 피 한 방울을 땀샘 깊은 곳까지 문지르고…… 이토록 정밀한 일을, 이토록 무궁무진한 즐거움과 탐색을, 아아, 나의 집사는 영원토록 알 수 없겠지.

나는 상상 속의 세세한 부분을 더욱 세세하게 보완하려고 번번이 애쓴다. 그래야만 도시에서 우리의 만남이, 사람과

야성을 지닌 사냥꾼의 만남이, 친밀하면서도 소원한
운명으로 정해진 만남이 균형을 이룰 테니까.

숱한 밤, 어떤 소리도 조짐도 없는 가운데 나는 꿈속에서
눈을 뜬다. 그러면 어김없이 어둠 속에서 사냥꾼의
두 눈동자가 침대 맡 창턱에서 나를 내려다보고 있다.
그 순간 나나는 스스로를 시베리아 호랑이로 여겼으리라.
"나나." 나직이 부르는 내 목소리를 알아듣지 못한 나나는
그저 소리에 반응해 펄쩍 도약하며 사냥을 시작한다. 물고
뜯고 올라타고 걷어차 내 팔다리를 꼼짝 못 하게 만들고,
나는 그런 나나가 어렵사리 쓰러뜨린 가젤이 된다.

별빛 아래, 파도 소리 속에서, 지난 패권은 꿈만 같구나. 🐱

어린 시절 사랑해 마지않던 구절 하나가 창문을 깨고
찾아든다. 나는 그 노래를 내가 사귄 도시의 사냥꾼과
그들의 위대한 조상에게 아낌없이 바친다.

🐱 타이완의 국민 가수 판웨윈潘越雲(반월운)의 노래 「경화연운京華煙雲」의
한 구절. 작사가는 셰차이쥔(탕누어)이다.

사람과
고양이가 만날 때

이 글은 사실 일 년 전에 썼어야 했다.

　일 년 전 이맘때, 나는 잃어버린 머글🐱을 미친 듯이 찾아 헤맸다. 먼저 우리 집 뒤편에 있는 15층짜리 아파트 단지를 한 동 한 동 찾아다니며 집집마다 인터폰으로 혹시 꼬리가 짤막한 줄무늬 치즈냥을 데려갔는지 물었다.

　며칠 저녁에 걸쳐 모든 주민에게 물었지만 소용없었다.

　🐱 『해리 포터』 시리즈에서 나온 단어로, 마법 능력이 없는 인간 종족을 뜻한다. 보통 평범한 사람을 이르는 말로 쓰인다.

우리는 절망한 나머지 처음으로 친구들에게 공적 수단을
이용해 고양이 찾는 일을 도와달라고 부탁했다. 장다춘張大春과
저우위커우周玉蔲는 자기네 방송 프로그램에, 천정이陳正益는
웹 사이트에, 왕란펀王蘭芬은 『민생보民生報』에…… 그 무렵
나를 잘 아는 사람이든 아니든 내게 건네는 첫 마디는
똑같았다. "머글 찾았어요?"

  "딸아이 반 친구들이 다 같이 머글을 찾고 있어." 이 말을
해준 친구의 집은 네이후內湖에 있었는데, 우리 동네에서
한참 떨어진 곳이었다. 나는 실종 아동을 찾는 데 더 써야 할
수단을 함부로 점용한 건 아닌가 싶어 몹시 불안해졌다.
물론 개와 고양이를 자녀처럼 대하는 많은 사람에게는
별 차이 없는 일이겠지만 나에게는…… 훨씬 더 복잡한
일이었다.

  그러니까 머글 말고도 우리 집에는 고양이 다섯 마리와
개 아홉 마리가 있었고, 몇 년 동안 대략 이 정도를
유지해왔다(계절이나 날씨와는 관계없이 고양이와 개와 우리가
한집에서 지냈기 때문에 이만큼이 우리 생활에 받아들여질 수 있는
한계였다). 사실 우리가 그들을 좋아해서 데려왔다기보다는
(처음에는 분명히 그랬을 테지만) 가여워서 데려왔다고 말할 수
있다. 길모퉁이에 버려진, 추위와 굶주림으로 고통받는

생명의 당황하고 두려운 눈빛은, 인형처럼 꾸며진 채 누군가의 품에 늘 안겨 있는 그 어떤 동물보다 내 심장이 쿵쾅거리게끔, 아드레날린이 치솟게끔 만들었다. 당장, 모조리 집에 데려갈 수 없는 상황이 너무나 안타까울 따름이었다.

고양이는 대개 가볍고 날렵해서 공간을 크게 차지하지 않기에 너무 많이 고민할 필요는 없는 편이다. 어느 날 이웃 사람이 쓰레기봉투에 젖먹이 아가냥 두 마리를 담아 가져왔다. 말인즉 천장에 쥐가 있는 줄 알고 잡으려 했는데, 쥐가 아니라 근처에 사는 늙은 들고양이가 낳은 새끼들이었다는 거였다. 그는 우리가 원하지 않는다면 (커다란 손아귀에 두 마리를 한꺼번에 움켜쥐며) 즉시 (목을 부러뜨려?) 쓰레기장에 갖다 버리겠다고 했다. 우리는 일제히 그러지 말라고 소리치며 아가냥들을 넘겨받았다. 그리고 치즈는 금침, 잿빛 줄무늬는 목이라고 부르기로 했다.

언젠가는 개와 함께 산길을 걷다가 골짜기에서 흠뻑 젖은 채 죽어 있는 어린 고양이를 발견하고는 묻어주려고 데려온 적도 있었다(바로 전날에는 그의 형제로 보이는 고양이를 데려와 묻어주었더랬다). 그런데 집에 와서 보니 고양이가 살아 있지 않은가. 다만 체온이 심하게 떨어진 상태였다. 우리는 손수건으로 포대기를 만들어 고양이를 감싸주었고, 책을 보거나 신문을 보는 사람이 번갈아 쥐고 따뜻하게 해주면서 이틀을 보냈다. 그저 우리가 할 수 있는 최선을 다할 뿐 살려내지는 못하리라는 예감이 들어 제대로 된 이름을 지어주는 대신 색깔만 보고 황미黃咪🐱라고 불렀다.

또 고생스레 떠돌다 온 어린 고양이도 있었다. 하도 꼬질꼬질해서 털색을 알아보기 힘든 그를 우리는 더럽다는 뜻인 짱짱髒髒이라고 부르다가 나중에 대백大白으로 바꿔 불렀다. 일주일간 잘 먹고 잘 자고 나니 그는 아주 하얗고 잘생긴, 뼈대를 보아하니 슈퍼헤비급이 될 수고양이가 아닌가.

누군가 우리 집 앞에 몰래 두고 간 고양이도 있다. 상자에는 고양이 간식 한 봉지, '내 이름은 키키'라고 쓰인 쪽지와 함께 검은 고양이가 들어 있었다. 키키는 우리와 칠팔 년을 함께 살다가 고양이 별로 떠났지만 우리는 그의 성별도 나이도 알지 못했다…….

머글도 이런 식으로 우리에게 왔다. 머글은 여름방학에

🐱 '노란 아가냥'이라는 뜻.

이웃 아이가 맡기고 간 머글.

젖먹이 고양이를 보살피는 수캐 소호小號.

학교에 갔던 이웃집 여자아이가 데려온 고양이였다. 아이가 고양이 안는 법을 아예 몰라서(한 손으로 뱃가죽을 움켜쥐었다) 먼 길을 오는 내내 빽빽거리는 고양이 울음소리가 요란하게 울려 퍼졌다. 소리를 듣고 나간 우리에게 사립 초등학교 교복을 입은 아이가 상황을 설명했다. 어미 고양이가 학교 경비실에 새끼 네 마리를 낳았는데, 데려갈 사람이 없으면 죽어서 쓰레기통에 버린다는 교직원의 말에 어쩔 수 없이 친구들과 한 마리씩 데려왔다는 것이다. 집에 허락은 받았냐고 묻자, 아이는 아빠가 내일 예능 수업에 갈 때 몰래 버릴 것 같다면서 우리에게 키워달라고 부탁했다. 우리는 한참을 망설였다. 보통 젖먹이 아가냥이 오면 개들이 헷갈려하며 모성을 발휘해 보살펴주기도 했지만(커다란 수캐도 마찬가지다) 이 고양이는 생후 3개월쯤 되어 보였기 때문이다. 아홉 마리 개와 서로 익숙해지려면 상당한 시간과 노력과 위험이 따를 터였다.

　하지만 완전히 쓸데없는 걱정이었다. 머글은 너무나도 똘똘하고 튼튼한 고양이였다. 첫 이틀은 소파 등받이에 올라앉아 견족을 조용히, 뚫어져라 관찰했다. 쫄지도 않았고, 무모하게 덤비지도 않았다. 게다가 서너 번 만에 집 안 지형지물을 파악해 어느 문은 밀고 어느 문은 손잡이를 돌려야 하는지, 어느 창문으로 나가서 담장으로 뛰어오르면 되는지를 다 알아냈다. 머글은 기다란 담장을 돌아 문 앞 계수나무에서 동박새 잡는 척을 하며 집 안의 동정을 살폈고, 그럴 때마다 겹겹의 장애물을 넘어 멀리 식탁 앞에 앉아 있는 나하고 눈이 딱 마주쳤다(깊디깊은, 감정 없고 냉혹한 머글의 눈빛은 시베리아 호랑이 형님을 쏙 빼닮았다. 티브이 토론을 진행하는『연합보』기자 가오링윈高凌雲하고도 상당히 비슷해 보였다). 그러면 머글은 즉각 나만 알아들을 수 있는 고양이 말을 했다. "어이, 가젤, 좀 나와봐." 나는 어김없이 신문이나 책을 내려놓고 흔쾌히 일어났다. 내가 현관문을 열고 마당에 나가면 머글은 벌써 나무 꼭대기로 올라가 기다리고 있었다. 나를 사냥감 삼아 아침 훈련을 시작하려는 것이었다.

우리는 기발한 묘기라 할 만한 몇몇 동작을 남몰래 연습했고, 나는 나중에 머글과 함께 거리 공연을 할 수 있으리라는 착각까지 하게 됐다.

머글은 독립심이 매우 강하고 야성이 넘쳤다. 다른 묘족과 전혀 어울리지 않았고 사람에게 안기는 일도 없었다. 나는

"가젤 나와라" 소리쳐 부르는 머글.

오랫동안 호랑이 키우기를 꿈꿔왔는데, 이룰 수 없는
이 꿈을 머글이 충족시켜주었다. 나는 왜 하필 이런 고양이를
사랑하게 되는 걸까. 예외란 없었다.

　한배에서 태어난, 무늬와 색깔만 다를 뿐 아직 움직이지
못하고 성격도 알 수 없는 젖먹이 아가냥들 가운데 텐원이
사랑에 빠진 고양이는 어김없이 건강한데 좀 귀찮게
질척대는, 수다스러우면서도 순둥순둥한 고양이로
자랐다(텐원은 물론 밥도, 보살핌도, 마음도 모든 개와 고양이에게
공평하게 주고자 무진 애를 썼지만 말이다). 멍멍이 사랑한

고양이는 치타처럼 머리가 작고 다리와 몸은 늘씬한, 아무리 먹어도 뼈가 드러나도록 여윈(『백년의 고독』에서 마르케스가 묘사한 타타르 전사 같은) 체형으로 자랐다. 하나같이 속이 좁아 질투심이 많고, 밖에서는 거리를 휘젓고 다니며 포악하게 굴지만 집에만 오면 '애교가 뚝뚝 떨어지는' 고양이였다. 어머니가 사랑한 고양이는 모두 어리숙하고 뚱뚱하고 둥그런 얼굴에 둥그런 눈을 가진 고양이로 자랐다. 사람에게 치대고 안기고 한없이 의지하는, 자아라고는 전혀 없는 고양이. 아버지는 (살아 계실 때) 자기표현을 못 해 홀대받기 쉬운 고양이를 열심히 보살폈다. 탕누어는 특정한 대상을 좋아하지 않으려 애썼다. 개나 고양이가 죽거나 없어지는 일이 생길 때마다 슬픔에 빠져 눈물 흘리는 다른 가족을 차분히 달래줄 사람이 있어야 한다는 핑계였다. 사실은 그가 우리 집에서 가장 마음이 여린 사람이었던 거다.

내가 사랑한 고양이는 예외 없이 고독하고 자유로운 늑대 같은 고양이로 자랐고, 그러다 보니 집을 나가 소식이 끊기는 일이 왕왕 있었다. 내가 아무 노력도 안 했을 리가 있나. 특히나 봄은 가장 두려운 계절이었다. 문도 창문도 꼭꼭 닫아걸고 그들을 잠시 가둬놓아야 하지 않을까,

날이면 날마다 이런 생각과 힘겹게 싸워야 했다.

봄날, 먼저 나무 가득 내려앉은 동박새와 할미새가 신나게 재잘댄다. 이어 해가 나오면 아득히 높은 곳에서 커다란 관수리가 내는 한가로운 휘리휘리 소리가 들려오고, 나는 한없이 동경하는 마음으로 고개를 쳐들어 관수리를 찾아본다. 그러고는 창턱에 앉아 먼 곳을 바라보는 고양이와 어깨를 나란히 하고 그의 옆모습을 가만히 살피곤 한다(『민생보』 문예부 기자 라이쑤링賴素玲도 나처럼 옆에서 토종 고양이의 뽕주둥이를 보는 걸 좋아한다지!). 초록색 또는 노란색 또는 회색인 그들의 눈은 숙연하기 그지없다. 그 눈빛을 보면 나는 움츠러들고 만다. 그들의 천부묘권天賦貓權에 간섭할 권리가 없다는 생각이 든다. 하늘의 이치와 사람이 싸운 결과는 늘 창문을 여는 것, 그들을 자유로이 놔두는 것이다.

창문을 연다고 모든 고양이가 야유회를 즐기는 건 아니다. 나갈 생각이 없는 고양이도 있고, 나간 지 십 분 만에 후딱 들어오는 고양이도 있는데, 그때 그는 온몸이 후끈하고 심장이 쿵쾅거리고 동공이 잔뜩 확대되어 있다. 열흘이나 보름 만에야 돌아오는 고양이도 있다. 어딘가에서 아가씨 고양이를 만나고 온 것이 틀림없다.

물론 요 몇 년간 우리는 집에 있는 고양이, 근처에서
친해진 길고양이와 떠돌이 개에게 중성화 수술을 해주었다.
첫 번째 이유는 아무리 낚줌을 해도 끝이 없을 어린
들고양이의 수를 줄이기 위해서였고, 두 번째 이유는
수고양이가 짝을 찾아 뛰쳐나가 돌아오지 않고 종적을
감추는 일을 막기 위해서였다.

　　모든 고양이를 철저히 중성화시킬 것이냐 말 것이냐,
우리는 머리를 쥐어뜯으며 고심했고 심지어 변증법까지
동원했다. 그러나 희한하게도 이렇듯 치밀하게 고려한
결과는 종종 초심과 어긋나고 말았다. 예컨대 외출을
좋아하지 않는 고양이의 중성화는 쉽게 결심한다(밖에서
천하를 호령하지 않는 고양이는 딱히 '위풍당당'할 필요가
없기에). 가장 난감한 대상은 몇 년에 한 번씩 출현하는
알렉산드로스 대왕이나 칭기즈칸 스타일의 고양이
대왕이다. 금침이 바로 그런 고양이다. 몸집이 그리 크지
않고 체형도 젖소처럼 네모난데, 얼마나 기개 높은 영웅인지
모른다. 금침은 어른이 되고 한 계절 만에 이 산비탈 여러
동네의 묘족을 아우르는 우두머리가 되었으며, 그가 친히
참전하지 않은 전투는 하나도 없었다(상처 없이 멀쩡한 날도).
우리는 금침에게 깊이 탄복했고, 금침이 일주일 후에나

돌아오면 저마다 먹을 것을 챙겨주거나 상처를 소독하고
붕대를 감아주며 참지 못하고 이것저것을 캐묻곤 했다.
"이번엔 어떤 절세미인을 만난 거야, 얘기 좀 해봐."

　나는 고양이 대왕이 그동안 겪은 모험담이 너무너무
궁금했다. 짐작건대 대왕이 만난 트로이의 헬레네는
틀림없이 삼색이 미묘였을 거다. 삼색이는 예외 없이
암컷이다. 동그란 얼굴, 동그란 눈, 동유럽 체조 선수 같은
몸매에, 똑똑하고 독립적이며(이 두 가지 특질은 사실 쌍둥이라
해야 할까?) 사나이 마음을 쉽게 받아주지 않는다. 내가
수고양이라면 나도 틀림없이 이런 유형에게 미친 듯이
빠져들리라.

탕누어와 아가냥 유월.

이렇듯 온종일 바깥세상에서 변경을 개척하고 씨를 뿌리는 금침. 그의 영웅다운 기백에 탄복한 우리는 그의 강렬한 천성을 차마 막을 수가 없었고, 그리하여 오히려 그는 거세를 면했다.

나는 머글의 야성을 일찌감치 알아차리고 모질게 중성화를 시켰다. 하지만 봄은 여전히 그를 강렬하게 유혹했다. 머글은 날마다 뒤뜰과 아파트 사이의 들판이나 빈터에서 배추흰나비를 잡았고, 반쯤 죽은 나비를 하루에도 십여 마리씩 우리 발치에 가져다 놓았다. 꽃가루 알레르기 때문에 맹렬히 재채기를 하고 눈동자는 바늘처럼 가느다래지는 탓에 동공 확장제라도 넣어줘야 하나 싶었는데도 말이다. 그는 때때로 밤새도록 돌아오지 않기도 했다. 그런 밤이면 나는 여기저기서 들려오는 묘족의 처연하고도 우렁찬 싸움 소리에 놀라 깨어나곤 했다. 그리고 그 속에서 머글이 얻어맞는 소리를 구별해내려 애썼다. 때로는 귀를 기울이다 피가 끓어오르는 바람에 다짜고짜 창밖으로 뛰쳐나가 거들고 싶어지기도 했다. 낮이 되면 우리 둘 다 정상으로 돌아왔다. 머글은 문을 밀고 들어와 견족처럼 아무 데나 털퍼덕 쓰러져 사지를 쭈욱 뻗고 휴식을 취했다. 우리가 멀찌감치 떨어진 채로 나누는 눈빛 속에는 어젯밤 일이 담겨 있었다.

　머글은 나를 따라 외출하는 것도 좋아했는데 여느 고양이완 달리 개처럼 내 발 주변의 평지를 걸었다(아무리 사람을 믿는 고양이라 해도 보통은 담장 위를 걷거나 차량 밑 같은 갖가지 엄폐물에 몸을 숨겨가며 걸으려 한다). 머글은 그만 집에 가라고 하면 꼬리를 내리고 풀 죽어 돌아가는 견족과는 다른지라, 나는 어쩔 수 없이 머글이 곤히 잠든 시간을 골라 집을 나섰다. 몇 번쯤은 다행스럽게도 집에서 멀리까지 나오는 데 성공하기도 했다. 어느 날이었다. 갑자기 길가에 서 있는 자동차 지붕에서 우당탕 소리가 났다. 머글이 이웃집 담장 끝에서 차로 뛰어내린 것이었다. 득의양양한 머글의 꼬리가 깃대처럼 꼿꼿이 서 있었다. 머글은 내가 가려는 곳에 같이 가고 싶었던 거다. 내가 밤에 머글을 따라가고 싶어하는 것처럼 말이다. 누가 나더러 맑은 날에도 비 오는 날에도 쇠 신발 같은 닥터마틴만 신으라 했던가? 발끝으로 아무리 살금살금 걸어도 터벅터벅 혹은 플라멩코 추는 소리가 나다 보니 쉽사리 추격당할 수밖에 없었다.

　시간과 경주를 하듯, 나는 가장 원시적인 법보法寶를 꺼내 들었다. 간절한 마음에 먹을 것으로 머글을 집에

나도, 스스로도 시베리아 호랑이라고 여긴 머글.

붙잡아두고자 했던 것이다. 집에 있을 때면 나는 몇 시간마다
공연히 머글을 불러서 뭐라도 먹이려 했고, 머글이 신나게
먹는 틈에 옆에서 이렇게 진언하곤 했다. "내 생각엔
말이야, 아무래도 들고양이는 안 되는 게 좋겠는데?"

청소년이 된 머글은 내가 하도 먹이는 바람에 너무
뚱뚱해졌다. 머글은 뱃가죽을 깔고 견족과 함께 햇볕 아래
나른하게 누워 있곤 했다. 그 모습을 본 누군가가 짓궂은
수수께끼를 냈다. "토끼를 통째로 삼켜버린 뱀이 있네요.
누구일까요?"

짐작건대 머글은 어느 날 문득 스스로를 돌아보았음이 틀림없다. 그러고는 헛되이 살만 붙은 데 비애를 느끼고, 집을 나가 다시금 들고양이로 살아가기로 마음먹었으리라. 아무리 생각해도 나는 그 이유밖에 떠올릴 수가 없다.

사실 나는 머글의 삶에 너무 많이 개입했다.

이성은 이렇게 나를 위로했지만, 감정은 그렇지 않았다. 다시는 머글을 못 볼지도 모르는 그런 상황은 상상조차 할 수 없었다. 머글은 반드시 우리의 산비탈 동네 안에 머물러야 하는데(관리인과 미화원분들에게 묻고 다녔지만 죽거나 다친 고양이를 봤다는 이는 아무도 없었다), 지척이 천 리인 양 미칠 것만 같았다. 가장 원시적인 방법을 쓸 수밖에 없었던 나는 산비탈을 달려 올라가 높은 곳에서 골짜기를 향해 암표범처럼 고함을 질렀다. 지르면 지를수록 이렇게 믿고 싶어졌다. 어느 맘씨 따뜻한 사람이 머글을 데려간 바람에 높은 아파트에 갇혀 지내게 됐을 거라고. 그래서 땅으로 내려오지도, 집으로 돌아오지도 못하게 됐을 거라고.

사실 나는 한두 해 전 검은 고양이 먹물이 없어졌을 때도 이미 한차례 절망을 겪었다. 당시 먹물 사진을 수십 장 뽑고 텐원이 글을 써서(나는 누가 보더라도 눈물을 흘릴 줄 알았다) 고양이 수색 전단지를 만들었다. 밤새 아파트

머글.

단지에 전단지를 붙이고 다녔는데, D동에 붙이고 나면
A동에 붙인 전단지가 뜯겨 있었다. 아파트 안뜰 놀이터와
F동에 잘 붙여놓은 전단지도 일찍이 찢어져 있었다.
전봇대에 붙인 것도, 초등학교에 붙인 것도 다 뜯겨나갔다.
주민 센터 게시판에 붙이고 싶었지만 잠겨 있었고, 사실
거기 붙은 정부 공고를 참을성 있게 들여다볼 사람도
없었다. 마지막으로 단골 가게 한두 곳에서만 가게 입구에
전단지를 붙이도록 해주었다.

　온 동네, 온 사회가 이런 일에는 이토록 싸늘했다.

아무래도 이렇게 생각하는 사람들이 틀림없이 있을 테다. 세상엔 실업자와 점심 값 못 내는 학생과 버려진 노인이 수두룩한데, 아프리카, 인도, 아프가니스탄에는 심지어 굶어 죽어가는 아이들이 있는데, (배고픈 길고양이를 만날 때 느끼는 무력감과 슬픔을 방지하고자 고양이 간식을 갖고 다니는) 저런 부류가 있다니? 너무나 하찮은 아녀자의 인정, 너무나 프티부르주아적인 사고, 너무나 어리석고 철없는 생각 아닌가? 마찬가지로 나 또한 다음과 같은 상황을 이해하지 못한다. 거리엔 언제나 길고양이와 떠돌이 개가 보이고 환경보호국 보호소에도 개가 넘쳐나서 골치를 썩이는데, 어떻게 펫 숍에서 개를 사고 고양이를 사는 사람이 있을 수 있지?

전자의 의문에 관해 말하자면, 일군의 동물학자(타이완대학의 페이창융費昌勇 교수?)를 비롯해 비교적 '이성'적이고 '냉정'한 태도로 떠돌이 개가 일으키는 사회문제를 철저히 종식시키겠다는 주장을 펼치는 사람들이 있지만, 도리어 나는 내 심장이 차가워지는 걸 막기 위해 일부러 하찮은 인정과 의리를 베푼다. 두렵기 때문이다. (어떤 고민이나 주장이나 논리에서 말미암은 것이든) 날마다 마주치는 작고 약한 존재에 공감하지 못하고

정을 주지 않으면서 더 멀고 추상적인 가난과 기아와
어린이에게 마음이 움직여 행동하게 된다는 게 말이 되나?

이런 행동을 하면서(평소 일면식도 없는 거리의 고양이와
개 들이 다음 끼니가 있을지 없을지 알 수 없어 허겁지겁 먹는 모습을
보면서) 나는 첫째, 내 마음을 말랑말랑하게, 달아오르게,
불타오르게 키워낸다. 펑쯔카이豐子愷🐈가 자신의 어린
아들을 두고 한 말처럼 말이다. "우리 집 세 살배기의 마음은
거즈 한 겹조차 두르고 있지 않다. 내 눈에 그것은 언제나
발가벗은 선홍색이다." 둘째, 운수 사납게 이 섬나라에
태어난 개와 고양이 들이 살아가며 어쩌다 사람과
접촉할 때, 적어도, 적어도 한 번쯤은 상냥하고 따스한
마음을 만나기를 바란다.

후자에 관해 말하자면(나는 거리를 떠도는 고양이와 개가
있다면 펫 숍에 가서는 안 된다는 급진적인 생각을 하는 사람이다),
확실히 나는 애견인·애묘인 친구들이 나누는 다음과 같은
대화에는 일부러 끼지 않는다. 너네 개아들은 어느 수입

🐈 중국의 저명한 화가이자 문학가, 교육자. 어린이의 생활상과 사회의
다양한 모습을 만화로 그려냈다.

돌아오지 않은 검은 고양이 먹물. 옆에 누워 있는 고양이는 광미.

먹물.

머글이 실종된 뒤 차례로 우리 집에 온 누나 나리(오른쪽)와 남동생 아펙.

브랜드 통조림이나 치즈를 좋아해? 우리 냥딸은 아침마다
재래시장에서 신선한 활어를 사다 바쳐야 해, 이런
얘기에는 말을 보태지 않는다. 심지어 그들의 개 고양이
자식에게 무례하다 싶을 만큼 관심을 보이지 않는다. 첫째,
그 동물들은 이미 차고 넘치는 사랑과 보살핌을 받는지라
밥에 굳이 떡까지 얹어줄 필요가 없다. 둘째, 사적으로
동물을 어떻게 사랑하고 어떻게 깊은 정을 나누는가는
개인의 자유지만 공적 영역에서 보면 그것은 대단히
충격적인 상황일 수밖에 없고, 심지어 동물을 잘 모르거나
이해하려 하지 않는 사람에게 정당한 이유와 핑계를 줄 수

있다(저것 봐, 개 고양이 팔자가 사람보다 좋잖아. 그런데 우리가 뭣하러 관심을 쏟고 동정심을 느껴야 되는데?).

그래서 우리는 아는 사람이건 모르는 사람이건 해외에 나가거나 이사하거나 결혼하거나 아이가 생겨 더 이상 못 키우게 된 동물을 받아달라는 그런 부탁은 매몰차다 싶게 거절한다. 그동안은 키울 수 있었고 정을 나눴으면서 어찌 더는 못 하겠다는 걸까, 나로서는 도무지 이해할 수 없는 노릇이다. 친구들은 대개 이런 말로 우리를 설득하려 한다. "그치만 얼마나 귀엽고 똑똑하다고. 이러이러한 종이라니까(대개 혈통이 좋은 품종 동물이다)." 우리는 더더욱 꿈쩍도 하지 않는다. "그럼 데려가려는 사람 많겠네. 우리 집이 갈 곳 없는 동물의 집이라면, 연약하고 힘없는 동물들을 위한 곳이야. 원하는 사람도, 이름을 불러주는 사람도 없는 그런 개와 고양이."

차에 치여 다리를 다친 동물, 목에 포획용 철삿줄이 감긴 동물, 중국인이 불길하게 여기는 네발이 하얀 동물, 의사도 포기한 만성 피부병을 앓는 동물, 정말 못생긴 동물, 보자마자 막 버려졌음을 알 수 있는 의지가지없는 개들……

상처 입고 수모 겪은 존재들……

머글이 떠나고 반년이 지난 태풍 전야였다. 그때 머글을 데려왔던 그 아이가 학교에서 또 회갈색 줄무늬 아기고양이를 데려와 우리 집 우편함에 몰래 넣고 달아났다. 애옹애옹 울음소리에 이끌려 나가본 우리는 고양이에게 나리라는 이름을 붙여주고(태풍의 이름에서 따왔다) 아명은 나나로 했다. 한 달 뒤, 나리는 누나의 지위로 올라섰다. 배가 하얀 치즈냥, 나리보다 더 어린 수고양이 아펙이 왔기 때문이다. 아펙은 이웃의 낡은 집을 개축하던 건설 노동자가 냉방기에서 꺼낸 고양이로, 텐원이 사랑에 빠질, 애처롭게 울며붙며 들러붙는 껌딱지였다. 아명은 뻑뻑이.

나이는 어리지만 호랑이 눈빛을 지닌 나리, 나는 남몰래 나리를 머글 동생이라고 불렀다. 일거수일투족이 머글을 쏙 빼닮아 끝내는 야생으로 돌아가는 게 아닌가 싶었지만, 창문이 열린 채로 봄이 반쯤 지난 뒤에도(나는 또다시 하늘의 이치와 한바탕 싸워야 했다) 나리는 집 떠날 기미를 보이지 않았다. 암고양이인 덕분이었다.

거칠고 고독한 이들 사냥꾼이 불시에 찾아와 잠시나마 우리와 한 지붕 아래에 머물러주다니, 얼마나 감격 또 감격스러운지 모른다.

아빠냥

우리는 아빠냥을 부를 때 특별한 억양을 실어 불렀다.
이렇게 설명하지 않으면 글이 진행되기 어렵다.

　그러니까 아빠냥은 일반적인 총칭이 아닌 특정 고양이
한 마리를 지칭하는 이름이다. 이 큼지막한 수고양이는
내가 사귄 대부분의 도시 길고양이와 마찬가지로 나이도
정확히 모른다. 그렇지만 (사람을 포함한) 수많은 생명보다
우리의 삶 한 자락에 훨씬 깊은 흔적을 남겼다.

　아빠냥이 있으면 틀림없이 엄마냥, 아가냥도 있으렷다.
그렇다, 사실 이들 고양이 일가족 가운데 아빠냥은 우리가

가장 늦게 만난 고양이였다.

가장 먼저 알게 된 고양이는 엄마냥이었다(그 역시 특별한 억양으로 불렸다).

온 산비탈에 있는 고양이 개체 수를 잘 통제했지 싶었을 무렵(우리는 집에 있는 고양이와 근처 길고양이 모두를 중성화시켰다), 어느 날부터인가 비탈 아래 골목 어귀에 늘씬한 삼색이 미묘가 모습을 드러냈다. 그는 낚시를 좋아하는 통장님네 대문 앞에 앉아서 사람들이 잡아온 물고기를 마당에서 손질하는 모습을 지켜보곤 했고 때때로 내장을 얻어먹기도 했다. 어쩐지, 우리가 주는 고양이 비스킷에 시큰둥하더라니. 그는 관례대로(삼색이의 성격대로) 사람을 두려워하지도 사람에게 치근대지도 않았으며 독립적이고 영리했다. 그러다 보니 우리가 조금 방심한 틈에 어느새 몸이 불고 젖이 부풀어 있었다. 중성화를 시키기엔 이미 늦어버렸다.

여름방학이 시작되자 엄마냥이 며칠 동안 보이지 않았다. 아무래도 새끼를 낳으러 간 모양이었다. 다시 나타난 엄마냥은 닭의장풀이 무성한 어느 집 1층 차양에 올라가 있었고, 오가는 이웃들 모두가 본 바로는 젖먹이 아가냥 네 마리를 데리고 있었다. 하나는 엄마냥과 판박이인

삼색이로 우리는 그를 따님냥이라고 불렀다. 그리고
줄무늬 치즈냥 두 마리와 배가 하얀 치즈냥 한 마리가
더 있었다. 머릿속으로 XY 염색체를 이리저리 배열해본
멍멍은 아가냥들의 아빠를 배 하얀 줄무늬 치즈냥으로
추정했다. 그런데 이상하게도 우리는 근처에서 그렇게 생긴
수고양이를 본 기억이 없었다.

엄마냥은 본능에 따라 끊임없이 보금자리를 옮겼다.
이 집 2층 베란다에서 저 집 냉방기 위로, 저 집 대문
위에서 다른 집 가건물 꼭대기로…… 이리저리 이사하는
곳을 보면 꼭 골목을 지나는 모든 사람을 눈 아래에 두는
자리였다.

엄마냥이 우리가 주는 밥을 적극적으로 받아먹기
시작하자 우리는 엄마냥의 식사에 생선 통조림이나 국물을
내고 건져낸 닭가슴살을 추가했다. 엄마 젖만으로는
아가냥들을 먹이기 모자라 엄마가 토한 음식이 필요할
때가 되었기 때문이다.

어느 날 길가에서 엄마냥에게 밥을 주는데 어디선가
까마귀 소리보다 더 방자하고 요란한 꺄오꺄오 소리가
들려왔다. 귀 기울여 들어보니 무자<ruby>木柵<rt>무자</rt></ruby>동물원🐱 새장 속
앵무새들의 번잡스러운 말투와 더 비슷한 듯싶었다.

어디서 나는 소리일까, 한참을 찾은 끝에 길가에 주차된
차량 밑에서 머리는 큼지막하고 몸은 빼빼 말랐으며
무슨 색인지 알아차리기 힘든 커다란 고양이를 발견했다.
그는 고개를 파묻고 열심히 밥을 먹는 엄마냥에게 경고를
날리고 있었다. "이 여자야, 그렇게 아무거나 먹으면
어떡해, 독이라도 들었으면 어쩌려고!"
　아아, 그가 바로 전설의 아빠냥이었다.

　그때부터 우리는 아빠냥에게 줄 밥을 더 챙겼다.
아빠냥은 조금도 사양하지 않고 스스럼없이 먹어치웠다.

🐱 타이베이시립동물원의 별칭. 저자의 동네는 무자 전철역 근처다.

아빠냥.

그러고 보니 그때 엄마냥에게 했던 경고는 이런 뜻이지 싶었다. "이 여자야, 혼자만 게걸스레 먹지 말고 나한테도 조금만 남겨달라고."

그렇게 일주일을 먹고 나자 아빠냥은 마음이 편해지며 털 고를 여유를 갖게 됐다. 과연 그는 배가 하얀 줄무늬 치즈냥으로, 아주 잘생기고 튼실하며 머리가 유난히 큼지막했다. 두 볼이 빵빵한, 전형적인 토종 수고양이의 넓적한 타원형 얼굴에 눈은 녹두색이었다. 그는 우리를 위아래로 훑어보더니, 아아, 세간의 소문쯤은 두렵지 않다는 듯 애교를 부리는 것이 아닌가. 끝내는 큰길 한복판에서 발라당 뒹굴며 배를 까고 우리에게 쓰담쓰담을 요구했다. 아빠냥이 노하지 않게끔 우리는 터져나오는 웃음을 꾹 참으며 눈빛을 나눴다. 그러고는 아예 진도를 팍 건너뛰어 아빠냥을 안아버렸다(보통 도시에서 길고양이를 사귀는 단계는 정해진 시간에 정해진 곳에서 밥을 주는 일부터 시작된다. 다가가고 만질 수 있게 되기까지는 빠르면 몇 주가 걸리며, 몇 년이 지나도 안 되는 수도 있다). 사람에게 한 번도 안겨본 적이 없는 아빠냥은 몸이 뻣뻣해져서는 두 발을 내 어깨에 단정하게 걸치고 바른 자세를 취했다. 누가 봐도 쑥스러운 나머지 얼굴이 발개진 모양새였다.

여름 내내 아빠냥은 엄마냥 곁을 지키며 육아에
전념했다. 우리가 보기에 사실 그가 할 수 있는 일은 별로
없었지만 말이다. 아빠냥이 맡은 임무는 주로 고양이
가족을 대표해서 밥을 주러 온 이웃에게 고맙다고
인사하는 일이었다. 똘똘하기 그지없는 엄마냥이 어찌나
단단히 교육을 시켰는지 아가냥들에게는 좀처럼 다가갈
수 없었다. 아가냥들은 우리가 고양이 비스킷이 든 찻잎
깡통을 달그락달그락 흔들고 있으면 들뜨고도 수줍은
마음으로 뛰쳐나왔다. 겁이 많은 따님냥은 고양이 대열의
끄트머리에서도 멀찌감치 떨어진 담장 그늘 속에 앉아
있었다. 그래도 우리는 클레오파트라 뺨치도록 아름다운
따님냥의 두 눈동자를 알아볼 수 있었다.

엄마냥은 여전히 계속해서 이사를 다녔다. 안전을
위해서만이 아니라는 사실을 우리는 차츰 받아들이게
됐다. 사실 이사는 자연도태를 실행하는 일종의 선별
작업으로, 안정적인 먹이 공급원도, 안전한 보금자리도
찾기 힘든 길고양이에게서 특히나 두드러지는 특성이었다.
어미는 살아남을 가능성이 가장 높은, 가장 강한 한두
마리를 엄격히 가려내 그들에게 제한된 자원을 몰아줘야
했다. 고된 생활을 못 견디거나, 새로운 환경에 적응하지

절세미묘 따님냥.

못하거나, 엄마 걸음을 못 쫓아오거나, 선천적으로
병약하거나 장애가 있는 아기는…… 버려졌다. 여러 해를
거치며 우리는 이성적으로는 그런 상황을 받아들여(조물주와
어미 된 이조차 마음을 굳게 먹지 않나!) 끼어들려는 마음을
꾹 눌렀다. 그러나, 정말로 우연히 마주칠 때가 있었다.
길가 자동차 밑에서 애옹애옹 울어대는 소리를 들으면,
생쥐만 한 조그만 그림자가 야시장 쓰레기 더미 속에서
쿵쿵거리며 먹이를 찾는 모습을 보면, 어두운 골목
모퉁이에서 꼬리를 곤추세우고 무엇에도 아랑곳없이
목청껏 엄마를 부르는 실루엣을 보면…… 그렇게 그들을

아빠냥

마주치면 도저히 수수방관하고 있을 수가 없었다.

아직 아가냥들을 만지고 잡을 수 없는 상황에서 태풍이
불어닥치는 바람에 며칠 동안 고양이 가족을 만날 수
없었다. 엄마냥이 골목에 다시 나타났을 때, 따라오는
자식은 단 한 마리뿐이었다. 가장 겁 많고 조심성 많은
따님냥. 하지만 우리의 슬픔은 이내 사라지고 관심
대상도 금세 대체되었다. 모두 아빠냥 덕분이었다. 그즈음
아빠냥은 산후조리하며 휴식을 취하는 엄마냥 곁을
지켰는데, 싸우고 다니느라 머리와 사지에 가득하던 상처
딱지가 다 떨어지고 털색도 한층 밝고 선명한 오렌지색이
되어 있었다. 엄마냥의 육아 부담이 줄어들자 이들 부부는
늘 골목 어귀 빈터의 풀숲에 편안히 누워 햇볕을 쬐었다.
고양이와 함께 오랜 세월을 지내왔지만(지금도 나는
고양이를 기른다는 말은 못 하겠다) 묘족에게서 짝이 정해진
일부일처제를 본 적은 거의 없었다. 하지만 아빠냥은
엄마냥에게 푹 빠져서 하염없이 지켜보거나 다가붙어
부비적거렸고, 그러면 엄마냥은 그런 그를 기쁘게
받아주기는커녕 야무지게 따귀를 날렸다.
아빠냥은 우리도 많이 사랑했다. 이 배가 하얀 치즈냥은

참으로 수다스러웠다(우리의 수의사 친구 우^祐 선생 말로는
이런 털을 가진 고양이가 원래 시끄럽다고). 그는 할 일 없이
한가로울 때마다 우리를 배웅하거나 맞이해주었다. 우리와
이야기를 나누며 버스 정류장까지 느긋하게 걷거나
집으로 돌아오기도 했다. 때때로 내 입에서는 이런 말이
흘러나왔다. "아빠냥, 오늘 하루도 잘 버텼지." 보통은
아무에게도 하지 않는 말이었다. 아빠냥이 우리에게 건네는
말소리는 묘족끼리 나누는 말소리와 완전히 달랐다.
우리 집에 고양이가 많다는 걸, 개는 더 많다는 걸 잘 아는
그는 대문 앞에 다다르기 전에 걸음을 멈추었다. 그리고
길 저편에 서서 내가 열쇠를 꺼내 문 여는 모습을 지켜보며
인사를 건넸다. "그럼 이만."

　대문으로 들어서면서 나는 슬그머니 고개를 돌려
산비탈 골목길을 어슬렁어슬렁 걸어 내려가는 아빠냥을
지켜보았다. 그는 담장 위나 차 밑으로 다니는 여느
묘족과는 달리 고개를 꼿꼿이 쳐들고 길 한복판을
느긋하게 걸어갔다. 그 시원스럽고 태평스럽고
자유로운 뒷모습을 보며(담배라도 한 대 물었을지도?) 잠시
생각해봤지만, 아빠냥보다 더 풍채 좋고 호탕한 인족
남자는 떠오르지 않았다.

그리하여 우리는 또다시 딜레마에 빠지고 말았다.
아빠냥을 어쩌면 좋아? 중성화를 시켜, 말아?

그즈음 우리는 아빠냥이 자신의 왕국 곳곳에 흩어져
있는 후궁의 미녀들을 불시에 찾아가고 있다는 사실을
알아차렸다. 게다가 그의 영역은 깜짝 놀랄 만큼 광대했다.
언젠가 집을 나섰다가 길에서 어디론가 떠나려는 아빠냥과
마주쳤다. 우리는 "얼른 다녀와" 인사 한마디를 바삐
나누고 각자의 길을 갔다. 전철역 근처에 있는 고물상과
정비소를 성큼성큼 지나갈 때였다. 머리 위에서 사나운
수고양이가 을러대는 거친 소리가 들려왔다. 나는 미심쩍은
눈초리로 지붕을 올려다보며 불러보았다. "아빠냥?" 소리를
듣고 내려다본 그는 나를 보더니 흠칫 놀란 표정으로 즉시
목소리를 바꿔 말했다. "아이고, 여긴 어쩐 일로?" 내 귀에
익은 부드러운 말투였다. 나는 어림없다는 걸 알면서도
좋은 말로 권해보았다. "아빠냥, 그만 싸우고 돌아가자."

멍멍이 말하길, 아빠냥은 우리 싱창리興昌裏 이장님의
관할 구역보다 더 넓은 곳을 관리한다고. 이토록 찬란한
묘생이라니, 경탄한 우리는 차마 아빠냥의 위세를 꺾을
수가 없었다(늘 이런 식이었다. 집고양이나 온순한 수고양이는
별다른 갈등 없이 중성화를 시켰다. 그런데 영토를 개척해 곳곳에

씨를 뿌리는 수고양이는 오히려 한참을 고심해야 했고 심지어
거세를 면하기도 했다). 일단 엄마냥과 점점 어른이 되어가는
따님냥부터 중성화를 시키기로 했다.

아빠냥이 이장 아저씨라면 엄마냥은 통장 아주머니였다.
엄마냥도 골목의 어귀와 끄트머리를 오가며 가는 이를
배웅하고 오는 이를 맞이했지만, 우리 집 고양이들을 포함해
소문을 듣고 모녀를 찾아온 수고양이는 모조리 엄마냥에게
얻어맞고 허탈하게 달아났다. 하지만 엄마냥이 따님냥과
계속 함께 지내게 되어 우리는 매우 기뻤다. 겁쟁이
따님냥은 달아나지 않고 담장에 웅크린 채 우리의 눈빛과
부름을 받아줄 만큼 발전했다. 어릴 적 그토록 아름답던
두 눈은 더 커지긴 했지만 철이 들어 똘망똘망해진 것이
아니라 좀 모자라 보였다. 우리는 따님냥이 『백년의 고독』에
나오는 절세미인이지만 멍청한 레메디오스 같다고, 조만간
하얀 시트에 매달려 바람을 타고 하늘로 날아가버릴지도
모른다고 느끼고 있었다.

아무튼 우리는 엄마냥이 발정하기 전에 서둘러 모녀에게
중성화 수술을 시켰고, 마취에서 깨어나고 수술 자리가
잘 아물 때까지 이틀 더 입원시켜달라고 했다. 바로
데려와 제자리에 풀어놓으면 따님냥이 놀라서 어디론가

달아나버릴까 걱정스러웠기 때문이다.

그런데 결과는 완전히 예상 밖이었다. 이동장에서 나온 따님냥은 우리의 발치를 하염없이 맴돌며 떨어지려 하지 않았다. 뜻밖의 상황에 우리는 처음으로 따님냥을 쓰다듬을 수 있었다(따님냥의 털은 마치 토끼털 같았다!). 엄마냥은 딴판이었다. 이동장에서 나오자마자 잔뜩 화가 나서 마구 내달리더니, 어느 집 차양에 뛰어올라 죽어라 털만 고를 뿐 우리는 거들떠보지도 않았다.

엄마냥의 화는 오랫동안 풀리지 않았을 뿐 아니라 따님냥에게까지 그 불똥이 튀었다. 엄마냥은 딸에게 마구 호통을 치기 시작했고, 따님냥이 다가와서 애교를 부리면 픽픽 따귀까지 때렸다. 또 제멋대로 영역을 갈라 골목의 반을 차지하고 따님냥이 절대 넘어오지 못하게 했다. 엄마냥은 우리도 계속 외면했다. 우리가 시간 맞춰 밥을 주러 가도 시큰둥할 뿐 예전처럼 흔쾌히 다가와 맛있게 먹고 가질 않았다. 게다가 엄마냥은 게을러지고 멍해졌다. 길 한복판에 넋 놓고 앉아 통장님네 마당에서 물고기 손질하는 모습을 지켜보는 일이 더 잦아졌고, 몹시 뚱뚱해졌다. 엄마가 되기 전에도, 심지어 젖을 먹일 때조차 참으로 날씬하고 날랜 고양이였던 그가 말이다. 이따금 엄마냥과 마주치면 우리는 제 발이 저렸고(우리가 그에게 무슨 짓을 한 거지?!), 그래서 더욱더 다정하게 소리쳐 부르곤 했다. "엄마냥."

엄마냥의 가장 강렬한 삶의 원동력을 박탈하고 만 걸까, 나는 또다시 후회했다. 자신의 대업을 잃은 엄마냥은 남은 묘생을 어떻게 보내야 할까?

따님냥도 마찬가지였다. 낮에는 풀숲에서 메뚜기와 배추흰나비를, 밤에는 가로등 아래서 풍뎅이나 바퀴벌레를 잡았고 담장에 올라가 눈을 모로 뜬 채 우두커니 앉아 있기도 했는데 전보다 더 맹해 보였다.

그들에게 진심으로, 깊이깊이 미안했다.

그 무렵 때때로 아빠냥은 행방불명되곤 했다. 열흘이나 보름 뒤, 넙적한 얼굴이 상처로 뒤덮인 채, 피골이 상접한 채, 알아볼 수 없는 털색으로 나타나는 수고양이가 바로 그, 아빠냥이었다. 텐원과 나는 풀밭에서 상처를 치료하고 영양식을 먹이며 한목소리로 물었다. "아빠냥, 이번에는 어디 가서 엄청난 미인을 만나고 왔어? 어떻게 생겼는데? 얘기 좀 해주라." 나는 아빠냥이 불시에 떠나는 그 모험이 너무너무 궁금했다. 영토를 개척하고, 왕좌를 지키고, 절세미인을 찾아다니고, 고향으로 돌아오는…… 그리스

신화의 한 편 한 편과도 같지 않은가. 현실에서 그 누가 그토록 빛나는 삶을 살아가던가. 내가 아는 사람 중에서는 찾지 못했다.

이렇게 2년이 흘렀다.

그러는 동안 허우샤오셴🐱 감독이 중국신탁기업의 이미지 광고를 찍을 일이 생겼다. 원래는 화이트칼라 고위직인 아빠가 퇴근길에 어린 딸과 함께 길고양이에게 먹이를 주는 이야기를 생각했는데, 화창한 날을 골라 골목 어귀에 온 허우 감독은 우리 동네 고양이 세 식구를 카메라에 담았다. 이들 일가족은 매우 대범한 태도를 보이며 많은 사람과 장비를 보고도 조금도 놀라지 않았다. 이 구상이 고객에게 받아들여지진 않았지만, 그들의 모습은 지금까지도 허우 감독의 필름 보관함에 모두 남아 있다. 이건 대단히 중요한 일이었다.

얼마 지나지 않아 엄마냥이 또다시 자취를 감췄기 때문이다.

보통 암고양이는 자기 영역을 떠날 이유가 없다.

🐱 타이완 영화계의 거장. 저자의 언니인 주톈원과 손잡고 「비정성시」「쓰리 타임즈」「호남호녀」「자객 섭은낭」 등 많은 걸작을 만들었다.

우리에게는 '이런 일이 없는 척한다'는 묵계가 이루어져
있었다. 스스로에게도 남에게도 다음과 같은 경솔한
질문은 절대로 하지 않았다. "이상하다, 엄마냥이 대체 어디
갔을까?(이 기나긴 실종 명단에는 우리가 아는 여러 고양이가
올라 있다.)" 허튼 생각은 절대 금물, 이웃 사람이나 골목을
청소하는 환경미화원에게 독을 먹거나 차에 치여 죽은
고양이를 봤냐고(도시 길고양이가 흔히 맞이하는 최후다) 묻는
것도 절대 금물이었다.

　진작부터 엄마를 잃었다고 할 수 있었던 따님냥은
더더욱 사람에게 치대게 됐다. 밥을 줘도 거들떠보지 않고
그저 안아달라고 조를 때가 많아졌다. 그래서 누구든 틈이
나면 길가에 쪼그리고 앉아 십 분쯤 따님냥을 안아주었다.
그러면 따님냥은 집고양이보다 더 어리광을 부리며
골골거렸고, 때로는 품속에서 고개를 들고 사람 얼굴을
빤히 쳐다보다가 도저히 못 참고 턱을 살짝 깨물기도 했다.
따님냥이 원하는 것은 밥이 아니라 오로지 사랑이었지만,
우리는 그를 집에 들이려는 시도는 아예 하지도 않았다.
다 큰 고양이, 특히나 조심스럽고 겁 많은 암고양이는
본능과 천성을 극복하고 개 열 마리가 있는 사람의 집에
발을 들일 도리가 없었기 때문이다.

겨울이 왔다. 한바탕 전투를 끝내고 귀향한 아빠냥이 우리 대문 앞에서 걸음을 멈추고 두리번거리며 우리를 소리쳐 불렀다. 그가 톈위안을 부르는 목소리와 억양은 유독 부드러웠다. "미인이시여, 잠깐 실례하겠습니다." 줄곧 느껴왔던 점인데, 아무래도 아빠냥은 톈위안 역시 자신의 아름다운 후궁 가운데 하나로 여기지 싶었다. 우리는 자리를 뜰 생각도 없이 대문 앞을 지키고 선 아빠냥에게 말했다. "그치만 우리 집에는 개가 아주 많은데." 그 소리에 오히려 아빠냥은 우리 집에 들어오기로 마음을 굳혔다. 뻔뻔스러울 만큼 의지가 굳은 것이 꼭 염소자리 같았다. 아빠냥은 마음이 급했지만 서두르진 않았다. 먼저 대문 근처 담장에 올라가 며칠 동안 웅크리고 있었다(그래서 고양이 왕 대백을 포함한 우리 집 묘족은 모두 그를 찬탈자로 받아들일 수밖에 없었다). 그다음엔 복도 쓰레기통 위에서 이틀쯤 잤다(그래서 불구대천 원수인 견족도 아빠냥의 냄새에 익숙해져 그가 침입자임을 알아차리지 못했다). 어느 황혼 녘, 차가운 바람이 방충문을 열어젖히자 아빠냥은 마침내 집 안으로 들어섰다. 주위를 둘러볼 때에도(아빠냥이 난생처음 본 인족의 거처였겠지) 그는 놀란 기색을 조금도 비치지 않았다. 그러다 보니 견족도 당황하지 않았고, 어린 묘족은

단잠에서 깨지 않았고, 거실에서 책을 보다가 아빠냥을
목격한 인족 한두 명도 감히 무슨 소리를 낼 분위기가
아니었다. 아빠냥은 예를 표하고는(인족 아무개가 이렇게
묘사하기를 고집했다), 아주 익숙한 태도로 소파 하나를 골라
펄쩍 뛰어오르더니 시곗바늘이 한 바퀴를 돌도록 쿨쿨
잤다. 마치 이 집에서 태어나 평생을 살아온 고양이처럼.

　돌아올 집이 생긴 아빠냥은 반은 집고양이가 되었다.
하지만 아빠냥의 귓가에는 여전히 길을 떠나라는 핏속의
명령이 불시에 들려오곤 했다. 때때로 아빠냥이 창턱에
넋 놓고 앉아 있노라면 수많은 소식을 실은 바람이
밀려들었고, 우리는 그가 원정을 떠날지 말지 고민하고
있다는 걸 뒷모습만 보고도 알 수 있었다. 그래서 우리는
중립적인 의견을 내놓았다. "아빠냥, 후딱 다녀오면
되잖아." 아빠냥은 『백년의 고독』에서 정부를 찾아갈지
말지 망설이는 쌍둥이 동생 아우렐리우스처럼 몇 번이고
고민하다가, 끝내는 하늘빛을 살피며 이렇게 말했다.
"비가 그치기를 기다리자."

　결국 그 비는 꼬박 사 년 십일 개월하고도 이틀을 내렸다.

　아빠냥이 또 말했다. 날이 따뜻해지기를 기다리자.

　날이 푹하고 쾌청하기 그지없는 어느 겨울밤이었다.

묘족이 또다시 대행진을 나섰다.

내내 궁금해서 미칠 것 같았지만 지금껏 나는 이 대행진이 어떤 빈도로 일어나는지 알아내지도 못했고, 어떤 환경 조건에서 일어나는지(날씨와 상관이 있는 건지, 달이 차고 이지러지는 것과 상관이 있는 건지) 귀납해내지도 못했다. 오랜 세월 동안 그런 밤이 꼭 있었다. 집고양이든 길고양이든, 덩이 크든 작든, 야성적이든 온순하든, 암고양이든 수고양이든…… 모든 고양이가 바람처럼 사라져 밤새 돌아오지 않는 밤이. 우리는 의아한 마음을 품은 채 이런저런 짐작을 해볼 따름이었다. 나는 고양이 신이 나들이를 왔거나 고양이 왕이 혼인하는 날이라서 달빛이 뒷산 들판에 자기장 같은 마력을 내뿜는다는 주장을 견지했다. 그곳에서 모든 고양이는 별처럼 평등하다. 집고양이든 길고양이든, 굶주림도 없고 시련도 없고 인족이 점령한 세상에서 살아남기 위해 겪는 수모도 없다……. 그런 밤이면 나는 얼마나 간절히 바랐던가. 소리 없이 충격을 흡수하는 발바닥이, 날다람쥐처럼 도약하는 힘찬 몸놀림이, 밤에도 또렷이 볼 수 있는 감정 없는 두 눈이, 그리고 암수 모든 고양이의 얼굴에 기운차고 사납게 뻗은 긴 수염이 나에게도 있기를. 그러면 나는 우리 집에서 가장

아빠냥의 여러 자손 가운데 하나인 뭉툭.

뭉툭.

굼뜬 뚱보 베이스를 잽싸게 따라갈 텐데, 달빛 회의장까지
미행해 내 추측을 증명할 텐데.

그런대로 현실적인 처녀자리 톈윈은 이렇게 말했다.
그런 밤은 대부분 기압이 낮아서 온갖 벌레가 굴에서
나오는 때라고. 고양이들이 바퀴벌레나 도마뱀붙이를
사냥하기 위해 창문을 넘어 베란다로 나가는 거라고.
거기서 옹벽으로 훌쩍 뛰어 끝까지 쭉 가거나, 오른쪽
딩丁씨네 담장으로 건너가거나, 왼쪽 쉬徐씨네 가건물
지붕에 올라갔을 거라고. 마지막에는 동네 경비대 앞
빈터에 웅크리고서, 아니면 천陳 아주머니네 문기둥 위에
우두커니 앉아서 밤을 지새웠을 거라고.

날이 다시 차가워진 이른 봄날이었다. 순행을 나갔던
아빠냥이 여정을 단축해 상당히 일찍 집에 돌아왔다.
놀라면서도 기쁜 가운데, 우리는 아빠냥이 외상이 없는데도
온몸을 파킨슨병 환자처럼 부들부들 떨고 있다는 걸
알아차렸다. 아빠냥을 동물병원에 데려가자 우 선생은 일단
증상을 완화시키는 치료부터 하고 나서 천천히 살펴보자고
했다. 우리도 아빠냥이 이참에 제대로 휴양했으면, 집에
있다가 또다시 순행 길에 나서는 일이 없었으면 하는

마음이었다.

　병원에서 보름을 지내고 아빠냥은 집으로 돌아왔다. 우 선생이 이렇게 말해서였다. "내가 보기에 아빠냥한테 필요한 것은 병원이 아니라 요양원이에요." 이어 한마디를 덧붙였다. 아빠냥이 왕위를 지킬 날이 얼마 남지 않은 것 같다고.

　이동장에서 나온 아빠냥은 우리 집을 알아보았다. 그리고 고개를 들어 톈원과 나를 바라보는데, 눈빛에 담긴 뜻이 더없이 분명했다. 우리는 입을 모아 대답했다. "그럼 그럼, 저희 집에서 노후를 보내셔야죠. 대환영입니다."

　아빠냥의 눈동자에 파르라니한 안개가 한 겹 낀 듯했다. 내가 잘 알고 존경하는 두 어르신의 만년에 보았던, 따사롭지만 복잡한 빛을 띤 눈동자.

　마지막 며칠, 우리는 아빠냥을 위해 소파에 따스하고 부드러운 잠자리를 마련해주었다. 그래도 그는 존엄을 지키며 내려가서 대소변을 보겠다고 고집했다. 오줌에 피가 섞여 있었다. 우 선생은 아빠냥의 장기가 신장부터 시작해 거의 다 쇠약해졌다고 했다. 뜻밖의 얘기는 아니었다. 그 누가 아빠냥처럼 몇 생애를 압축한 듯한 일생을 살겠는가. 아빠냥은 때때로 혼수상태에 빠지기도 하고 깨어나서

주위를 둘러보기도 했다. 인족, 묘족, 견족 모두 평소와
다름없었다. 우리가 아빠냥, 하고 부르면 그는 언제나
꼬리를 탁탁 치며 응답했다. 눈은 웃고 있었고 이제 말은
많이 하지 않았다.

마지막 그날, 2003년 4월 4일이었다. 공교롭게도 텐원
말고는 집에 아무도 없었다. 텐원은 아빠냥 곁에서 책을
읽으며 이따금씩 그를 쓰다듬거나 이름을 불러주었다.
그러자 아빠냥은 일어나 기대앉더니 편안한 듯 쭈욱
기지개를 켜고 긴 숨을 내쉬었다. 그 어떤 인족보다 더
다채롭고 찬연했던 일생은 이렇게 끝을 맺었다.

그러니까, 울지 말지어다!

아빠냥이 떠나자, 갱단 큰형님이 감옥에라도 갔다는 듯이
아우들이 우르르 떨쳐 일어나 세력을 다투었다. 산비탈
골목에서 수차례 악전고투를 벌인 끝에, 딱 봐도 아빠냥의
아들인 두 마리가 산비탈 위아래를 나누어 차지하게 됐다.
마치 『백년의 고독』에서 늙은 대령이 각지에 파견한,
이마에 불꽃 십자 자국이 있는 아들들처럼 말이다. 둘 다
배가 하얀 줄무늬 치즈냥으로 얼굴이 큼직하고 눈은
초록빛인데, 말만 많고 싸움 기술은 신통치 않아 늘 상처가
가득했다. 두 마리가 너무 비슷하게 생겨서 어쩔 수 없이

겉으로 보이는 특징에 따라 이름을 붙였다. 한 마리는 삼발(세 발에만 하얀 양말을 신어서), 한 마리는 뭉툭(꼬리가 짤막하고 뭉툭해서).

여전히 나는 틈날 때마다 길가에서 따님냥을 안아준다. 잠깐이나마 보살펴주고 인족의 사랑과 온기를 전하는 것, 이것이 아빠냥 가족을 위해 내가 할 수 있는 유일한 일이다.

리가보

리가보는 하얀 얼굴에 하얀 배, 잿빛 등에 눈꼬리가
올라간 어린 고양이였다. 이름은 물론 성까지 있는 이유는
그가 성이 리씨인 동생의 절친네 집에서 왔기 때문이다.
가보※寶는 동생이 지어준 이름이었다. 길에서 떠돌다 온
우리 집의 다른 개나 고양이와는 신분이 다르다는
의미에서 성까지 붙여서 불렀다.

　리가보는 막 젖을 떼고 우리 집에 왔다. 나는 또 고양이를
안고 들어서는 동생을 보자마자 소리를 빽 질렀다. 우리
집에는 이미 개 여섯 마리에 토끼 세 마리가 있었고,

리가보와 주텐신.

고양이는 수도 없이 많았으니까! 나의 천진난만한 시절은
진즉에 지나간 터였다. 이젠 깔끔하고 정돈된 집이 좋지
개 고양이와 뒤엉켜 지내는 일은 마뜩잖았던지라 나는
가보를 거들떠보지도 않았다. 아버지까지 이렇게 곱고
맵시 있는 고양이는 처음 본다고 칭찬했는데도.

성이 있는 고양이란 정말 예사롭지 않았다. 언제부터인가
가보는 땅콩알처럼 늘 내 손바닥 위에 웅크리고 있었고,
좀 더 자라자 내 어깨에 껑충 뛰어올라 앉았다. 내가 책을
읽든 원고를 쓰든 걸어다니든, 그는 내 어깨에서 흔들림

없이 편안히 자리를 잡았다. 추운 날씨에 긴 꼬리로 내 목을 휘감은 모양새가 꼭 귀부인의 외투 깃에 달린 여우털 같았다.

이렇게 겨울 한철을 함께 보내자, 나도 모르게 가보에게 홀딱 넘어간 것인지 딱히 괴롭지가 않았다. 사람들을 만나면 가보가 얼마나 남다른 고양이인지 소개하느라 바빴다. 가보는 작은 얼굴에 턱은 뾰족했고, 도도하고 커다란 두 눈은 푸른빛이 도는 올리브색이었으며, 눈 아래 얼굴과 배와 다리는 모두 순백색이었다. 집에 새하얀 페르시아고양이도 있었지만 아무리 하얀 고양이도 가보 앞에서는 빛이 바랬다. 다른 고양이가 분을 바른 듯한 흰색이라면 가보는 투명한 도자기 같은 흰색이었다.

봄이 오자 우리 집 예쁜 암고양이 두세 마리가 발정하는 바람에 온 집 안 수고양이에 이웃집 수고양이까지 모두 밤낮으로 미쳐 있었다. 그 와중에 오직 가보만은 조금도 동요하지 않고 꿋꿋이 사람하고만 어울렸다. 나는 동물의 몸에 속박되지 않는 가보를 속으로 이상스럽게 여기고 있었다. 여름이 되자 가보는 내 어깨 아니면 거실 현관문 위에 있는 창턱에 높게 자리 잡고는 발밑에 있는 인족과 묘족과 견족을 초연한 눈길로 내려다보았다. 어쩌다 내가 고개를 들어 눈이라도 마주치면 가보는 얼른 꼬리를 탁탁 내리쳤다. 그럴 때면 떠들썩한 군중 속에서 나를 알아주는 지음과 멀리서 남몰래 미소를 나누는 기분이 들었다.

가보의 이런 행동거지는 역시나 식구들의 찬탄을 자아냈다. 누군가는 수행하는 어린 사미승 같다고 했고, 누군가는 『홍루몽』의 남자 주인공 가보옥이 고양이로 태어난다면 꼭 가보처럼 준수한 모습일 거라고 했다. 나는 어느새 가보를 나의 백묘왕자로 여기게 되었다.

감정이 바닥을 치던 시절, 가보와 나는 점점 더 서로에게 굳게 의지하며 지냈다. 어느 날 동생이 문득 물었다. 어째 요즘 내가 쓴 소설이나 산문, 극본에 나오는 개, 고양이, 아이 이름이 모조리 '가보'냐는 것이었다. 그러면서 나중에 누군가 심심하면 이 시기 작품을 연구하면 되겠다고 우스개를 부렸다. 틀림없이 '가보'라는 두 글자에 어떤 상징적 의미가 있다고 여겨 신나게 논할 거라나. 그 말에 나는 가슴이 미어지는 것 같았다. 이 외로운 소녀의 마음은 영원토록, 아무도 모를 것이다. 잠에서 깨어날 때마다 가보가 동화 속 개구리 왕자처럼 변신하기를 얼마나 간절히 바랐는지 모른다. 가보가 남자라면 나에게 얼마나 잘해줄까.

얼마 뒤, 친구 우창武藏의 집에 변고가 생겼다. 그는 F-5E를 모는 현역 공군이었는데, 그가 새로 들인 시베리안 허스키를 돌봐줄 사람이 없어서 우리가 맡게 되었다. 개가 오기 전날, 동생과 나는 그를 먼저 보는 사람이 그의 엄마가 되어주기로 했다. 그를 먼저 본 게 나였기에 내가 토토의 엄마가 되었다. 토토가 처음 왔을 때는 생후 한 달 남짓에 몸무게는 5킬로그램이었는데, 일 년이 지나자 40킬로그램까지 늘었다. 불어난 35킬로그램은 딱 내가 바친 간식과 용돈이었으며, 토토에게 들인 시간과 마음과 기력은 계산할 수도 없었다.

　　가보와 함께하던 시간은 자연스레 토토와 함께하는 시간으로 싹 대체되었다. 그러다 보니 가보가 남몰래 토토의 귀싸대기를 날리는 모습을 한두 번 본 것이 아니었다. 나는 가보에게 토토는 아가라고, 아가한테는 양보해야 하는 거라고 엄하게 말할 수밖에 없었다. 그런데 가보는 그저 오랜만에 내가 말을 걸었다는 데에 신이 나서 내 어깨로 잽싸게 뛰어올랐고, 내 입에서는 익숙한 말이 흘러나왔다. "가보, 꼬리는?" 그러자 가보는 얼른 꼬리로 어깨를 탁탁 쳤다. 이 놀이를 하지 않은 지 너무나 오래됐는데도 가보는 다 기억하고 있었다. 나는 내심

미안하고 괴로웠지만, 그렇다고 가보를 예전처럼 대하지는 않았다.

　가보는 여전히 홀로 지내며 다른 고양이들을 무시했다. 온종일 혼자 창턱에 엎드려 있는 가보를 보며 나도 때때로 다른 식구들처럼 나무라는 말을 던졌다. "까탈스럽긴!" 하지만 정말 하고 싶은 속말은 따로 있었다. 세상 물정도 모르는 녀석, 내게서 한평생 한마음을 얻을 사람은 몇 명 없어. 하물며 고양이가 어디 과분하고 헛된 요구를. 네가 정말 똑똑한 고양이라면 일찌감치 알아차렸어야지.

　하지만 손님이 오면 관객의 요청에 응해 어쩔 수 없이 한바탕 연기를 펼쳐야 했다. 내가 어깨를 툭툭 치면 가보는 내 어깨로 훌쩍 뛰어올랐다. 단 한 번도 내 뜻에 거역하지 않고. 다들 혀를 내두르며 신기하다고 칭찬하는 소리를 들으며 나는 오히려 한없이 서글퍼졌다. 리가보, 리가보, 네가 정말 기개 있는 고양이라면 내가 부른다고 오면 안 되지! 하지만 가보는 여전히 예전 그대로였다. 때때로 토토를 데리고 신나게 놀다가 무심코 가보와 눈이 마주쳤는데, 그 커다란 눈동자가 나를 얼마나 오랫동안 지켜보고 있었던 건지, 왠지 오싹해졌다.

　가보는 점점 예전처럼 부지런하고 깔끔하게 얼굴을

단장하지 않게 됐다. 입에 상처가 있는지 가끔씩 아파하는 모습을 보이며 수염과 턱 쪽을 만지지 못하게 했다. 코밑에 검은 땟자국이 생겼지만 가보는 여전히 아주 잘생긴 고양이였고, 그것이 매너 있는 신사의 콧수염 같아서 '작은 국부'🐱라는 별명까지 얻었다. 하지만 나는 가보가 나날이 야위어간다는 사실을 알아채지 못했다.

정월대보름 저녁, 우리 집에 손님들이 모였다. 상친商親 아저씨의 막내딸 노노奴奴는 저녁 내내 손에서 고양이를 놓지 않았고, 자연스레 나도 가보의 어깨 뛰어오르기

🐱 신해혁명을 이끌어 국부로 추앙받는 쑨원은 콧수염을 길렀다.

어느 여름날의 고양이들.

묘기를 선보였다. 그 모습을 본 노노가 가보를 끌어안고
어찌나 좋아하던지 동생이 가보를 노노가 키우게 하면
어떨까 하는 제안을 했다. 어차피 가보는 사람을 가장
좋아하고 사람의 사랑을 필요로 하는데 지금은 냉대받는
처지 아니냐, 온 마음으로 사랑해줄 노노에게 가는 게 낫지
않겠느냐는 것이었다. 생각해보니 일리 있는 얘기였다.
노노는 재미나 변덕으로 고양이를 대하는 아이가 아니라
진심으로 사랑하는 아이였다. 또 이 기회를 빌려 나는 오랜
죄책감과 미안함에서 벗어나고 싶었다. 가보가 이 생이별을
원할까마는—결국은 고양이 아닌가! 먹을 것과 안식처가
있으면 사람만큼 정 못 떼고 이별에 힘겨워하지는 않으리라.
그리하여 우리는 가보를 노노에게 보내기로 했다.

　고양이를 옮길 종이 상자와 끈을 찾으러 가려는데
가보는 이미 뭔가가 잘못됐다고 느꼈는지 뒤를 돌아보았고,
사람들 틈에 멀찌감치 숨어 있는 나와 눈이 마주쳤다.
소란스러운 와중에도 평온하고 초연하기만 한 가보의
눈빛에 나는 황망히 뒤뜰로 달아나 눈물을 펑펑 쏟았다.

　이튿날, 가보가 어떤지 전화해서 물어보라고 엄마를
채근했다. 돌아온 대답은, 그 집에 가자마자 가보가
온 집 안을 헤매고 다니며 밤새 쉬지 않고 울었다는 것이다.

지금은 아마 지쳐서 책 보는 노노와 노노 언니 어깨에 기대
쉬고 있을 거라고 했다. 꾹 참고 듣던 나는 또다시 마당으로
달려나가 울음을 터뜨렸다. 내가 어찌 모르겠는가, 가보가
이리저리 헤매며 묻던 것이 무엇인지.

일주일 뒤, 상친 아저씨와 아주머니가 가보를 도로
데리고 왔다. 가보가 내내 밥을 거부했다고 했다.
나는 깜짝 놀랐지만 반갑게 상자를 열었다. 가보는 이미
가보가 아닌, 바싹 야위고 꼬질꼬질해진 모습이었다. 나는
가보에게 우유를 먹이고, 난방을 하고서 몸을 닦아주었다.
하지만 가보는 자꾸만 나가려고 했다. 비가 내리고
있는데도 가보는 밖에 기어이 나가더니 내가 아무리
불러도 못 들은 체하면서 비에 젖은 차가운 땅바닥에
고집스레 앉아 있었다. 나는 우두커니 앉아 있는 가보의
뒷모습을 하염없이 바라보았다. 나는 잘 알고 있었다.
이 며칠간 가보의 마음이 죽어가는 나무처럼 말라붙고
말았다는 걸. 그래, 가보는 생각할 줄 모르는 고양이에
지나지 않는지도. 하지만 내가 가보에게 돌이킬 수 없는
상처를 입혔다는 것은 의심할 여지가 없는 사실이었다.

가보는 집에 돌아오고도 여전히 밥을 먹으려들지 않았고,
입에서 고름까지 나왔다. 우리는 급히 잘 아는 타이완대학

수의학과 실습의 몇 명에게 가보를 봐달라고 부탁했다.
전에 생선 가시에 잇몸이 찔린 게 싹 낫지 않아 아마 염증이
계속됐을 거라고 했다. 그렇다고 이렇게 갑작스레 입안이
온통 헐고 식도마저 짓무를 지경이 되다니, 그들도 어찌 된
일인지는 알지 못했다.

원인은 물론 나 한 사람만이 똑똑히 알고 있었다.

그 뒤로 한동안 날마다 의사의 처방에 따라 가보의
입속을 닦아주고 약 탄 우유를 먹였고, 가보의 입은 점점
나아지는 기미를 보였다. 유난히 추운 어느 날 밤이었다.
나는 뜨거운 물주머니를 가보 자리에 놓아주고 한참 동안
가보를 쓰다듬으며 곁을 지켰다. 가보는 고장 나고 망가진
장난감처럼 여윈 모습이었다. 나는 가보가 오늘 밤을
넘기지 못하리라는 것을 직감했지만, 감정이 격해져
미칠 듯이 슬프거나 하지는 않았다. 그저 가장 평온하고
편안한 자세를 잡아주고, 예전에 내가 자주 부르던
갖가지 별명을 다정하게 불러주었다. 때때로 내 목소리가
간절해지면 가보는 겨우 고개를 들어 나를 쳐다보았지만
이미 눈을 동그랗게 뜨지는 못했다. 내가 물었다. "꼬리는?"
가보의 꼬리가 미미하게 몇 차례 흔들렸다. 병이 깊어
이 지경이면서도 우리가 함께했던 놀이를 잊지 않았다니.

조금의 기운이라도 남아 있었다면 가보는 틀림없이
내 어깨에 뛰어올랐으리라. 무엇보다 가보는 이런 식으로
나에게 알려주었다. 내가 저지른 여러 일을 마음에 두지
않는다고. 가보는 이토록 다정하고 의리 있고 기개 있는
고양이였다.

　다음 날 이른 아침, 잠결이었지만 엄마가 아래층에서
부드럽게 속삭이는 소리는 또렷이 들렸다. "우리 착한
리가보, 할머니가 얼마나 사랑하는지 알지……." 나는
가보가 아직 죽지 않았다는 걸, 마지막으로 나를 보려고
버티고 있다는 걸 알았다. 그런데 왜 나는 내려가려
하지 않았던 걸까. 나는 한참을 몽롱하게 누워 있다가
몸을 일으켰다. 가보는 자리에 없었지만 물주머니를
만져보니 아직 따뜻했다. 다행히 가보가 추운 밤을 보내진
않았겠구나 싶었다.

　가보를 찾아 뒤뜰로 나가보았다. 엄마는 복숭아나무
아래에 구덩이를 파고 있었고, 가보는 복도 세탁기 아래에
누워 있었다. 나는 다가가서 가보를 쓰다듬으며 자세히
살펴보았다. 그는 아직 따뜻하고 부드러웠으며 자세는
어젯밤에 내가 잡아준 그 모습 그대로였다. 눈꺼풀이
닫히지 않아 올리브색 눈이 반쯤 보였다. 사별의 경험이

많지 않았던 나는 그저 가보를 어루만지며 따뜻하게
해주고 싶었다. 나는 가보의 귀에 대고 부드럽게 속삭였다.
"우리 가보 착하지, 너는 내가 가장 좋아한 고양이야. 마음
놓고 푹 쉬어." 그러고는 눈꺼풀을 쓸어 눈을 감겨주었다.
가보는 곤히 잠든 것만 같았다. 입도 거의 다 나아서
깨끗했고, 하얗고 단정한, 처음 왔을 때의 잘생긴 얼굴로
돌아와 있었다. 그러나 가보의 상처는 내가 낫게 해줬을지
몰라도 가보의 마음은 어떠한가. 내가 그 마음을 얼마나
갈기갈기 찢어놓은 걸까.

　가보가 복숭아나무 아래에 묻힌 때는 청명절 전이었다.
불어오는 바람에 꽃잎이 내 눈물과 함께 반짝이며
흩날렸다. 지금은 어느새 무성한 나뭇잎이 하늘을 가리고
있다. 복숭아나무 가지 끝이 붉게 물들었으니 단오가
지나면 새로 열린 복숭아를 몇 개쯤 맛볼 수 있을 것이다.

　나는 복숭아나무 아래에 하릴없이 서 있곤 한다. 복숭아
열매를 헤아리면서, 어느새 제라늄이 가득 자란 무덤
아래에 있는 리가보의 곁을 지키며.

낭 천사

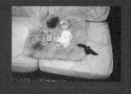

내가 간략하게 묘사할 수 있는 표준 냥 천사의 모습이 여기 있다.

　냥 천사 중에는 여자도 있고 남자도 있는데 이 천사는 여자다. 결혼을 했으며, 오토바이도 몰아서 무자동물원 전철역으로 퇴근하는 남편을 마중 나가기로 한다. 그런데 남편이 한참을 기다려도 아내가 오지 않는 것이다. 남편은 어쩔 수 없이 쓸쓸하고도 의아한 마음으로 혼자 터덜터덜 걸어간다. 걷다 보니 과연 은근히 걱정스럽던 일이 현실이 되어 있다! 저 앞의 멀지 않은 길가에, 모래와 자갈을 실은 트럭 뒷바퀴 사이에 사람이 쓰러져 있는 것 아니겠는가. 밖으로 뻗어 있는 길쭉한 두 다리는 더없이 눈에 익은 청바지를 입고 있다. 가까운 길에도 익숙하기 그지없는 자기 집 오토바이가 쓰러져 있다! 남편은 머리털이 곤두서며 두 다리가 풀리고 만다. 엉금엉금 기어가 시체를 끌어안고 대성통곡하려는 순간, 아직 남아 있는 실낱같은 이성이 그를 일깨운다. 어째 둘러선 사람 하나 없고 앵앵거리며 주위를 도는 경찰차와 구급차도 없을까……
그때 다리의 주인이 벌떡 일어나 앉으며 말한다. "어쩌면 좋아, 여보. 배기관에 있는데 도저히 못 꺼내겠어!"
기름때와 땀으로 범벅이 되었지만 이보다 더 친숙할 수 없는 얼굴이다.

천사의 얼굴.

차 밑에 숨어 있는 그 어린 길고양이의 장래 운명은 일단 제쳐두자. 나의 냥 천사 친구 샤오정小鄭의 집에는 이미 고양이가 세 무리나 있다. 한 무리는 샤오정이 시장 강둑 주변에서 한 마리씩 냥줍해 건강하고 멋지게 키운 어른 고양이 다섯 마리다. 또 한 무리는 아직 젖을 못 뗀 못난이 아기고양이 삼총사다. 새로운 한 무리는 먹이를 찾으러 나간 엄마가 차에 치여 죽은, 아직 눈도 못 뜬 젖소냥

네 마리로 두 시간마다 젖을 달라고 빽빽 울어댄다.

가장 고생스러운 시기를 보내고 나면, 그러니까
아가냥들이 젖을 떼고 독립할 수 있게 되면, 그는 가장
사랑스럽고 건강한(그래서 입양 확률이 높은) 고양이를
골라 지속적으로 협력하고 있는 인근 동물병원에 보내
예방접종을 시키고 입양되기를 기다린다. 못생기고
비실비실하고 겁 많은, 수의사조차 보자마자 '재고품(입양
불가능)'이라고 말하는 고양이들은 남긴다.

모든 냥 천사 집에는 이런 재고 고양이가 여럿 있다.

내가 아는 냥 천사는 그리 많지 않다(아아, 사실 나는 많으면
많을수록 좋겠는데). 그중 몇몇은 내가 힘겹게 꾸리는 하부
라인, 그리고 하부 라인의 하부 라인이다. 그렇다. 이른바
'냥 천사 생쥐 클럽'이랄까.

최근 몇 년간 도시의 떠돌이 개 숫자가 조금씩 통제되고
줄어들면서(그 과정과 방법은 상세히 들여다볼 엄두가 안 난다)
길고양이가 확 늘었고, 오랜 애묘인들이 그들을 거두는
속도가 그들의 자연적 증가를 따라잡을 수 없게 됐다.
그래서 나는 나와 친하든 안 친하든 관계없이 고양이를
키워본 적 없거나, 아니면 고양이를 키우다가 아이를
낳았거나, 아파트로 이사 갔거나, 일이 너무 바쁘거나 해서

더는 고양이를 키우지 않게 된 친구들을 인내심을 갖고
꾸준히 물색하고 양성해야 했다.

고양이를 키우는 일은 보통 마음먹기가 가장 어렵지,
막상 키우면 크고 작은 갖가지 불편은 형용하기 어려운
즐거움과 감정적 보답으로 즉시 대체된다. 자선의 문이
한번 열리면, 금세 둘째, 셋째…… 그러다 샤오정처럼
세 무리를 키우게 될 수도 있다.

좋은 일을 오래도록 하려면 자신이나 가족의 삶의 질이
무너지지 않게끔 해야 한다. 그래서 나는 늘 냥 천사들에게도
하부 라인을 양성하라고 권유한다. 하부 라인이 또다시
하부 라인을 길러낼 방법을 찾다 보면…… 길고양이

딸아이 멍멍과 함께 피크닉을 즐기는 수컷 길냥이.

입양 시스템이 만들어지면서 '냥 천사 생쥐 클럽(왕국)'의
전체적인 틀이 잡힌다.

（거룩한 음악이 울려 퍼지고…….）

뭐 하러 그러냐고?

내가 남몰래 줄곧 품어온 생각이 있다. 우리 세대가
아주아주 조금씩만 친절을 베풀면 될 텐데 하는 생각이다.
적극적인 친절은 고양이를 데려가 키우며 중성화를 시키는
것이다. 더 적극적인 친절은 길에서 만난 고양이에게
일정한 시간에 일정한 곳에서 꾸준히 밥을 주면서 그와
어떻게든 친해지고, 고양이의 성격이나 상황을 보아 입양
보낼 수 있으면 보내고, 안 되겠으면 중성화해서 원래 살던
곳에 풀어주는 것이다. 소극적인 친절은 그들에게 마실
물을 주는 것이다. 대문 앞에, 담 모퉁이에 놓아둘 물 한
그릇이면 된다. 그 물그릇 덕분에 얼마나 많은 길고양이가
갈증이나 신장병으로 말미암은 죽음을 면하는지 모른다.

더 소극적인 친절도 있을까?

예전에 나는 이 정도로도 충분하다고 생각했다―보고
그냥 지나쳐주면 된다고. 솔직히 말해서 묘족은 모든
자원과 편의를 독점했다는 이유로 인족을 미워하지 않는다.

그런데 우리는 그들이 그저 '눈에 거슬린다'는 이유로 혐오하지 않나? 언젠가 멍멍이 하굣길에 동네 어귀에 쪼그리고 앉아 길고양이에게 밥을 줄 때였다. 지나가던 나이 든 남자가 다짜고짜 생트집을 잡았다. "그놈은 똥을 싼다고." 멍멍은 고개를 들어 남자를 쓱 보고는 계속 밥을 주었다. 다른 불만거리를 생각해내지 못한 그가 재차 말했다. "그놈은 똥을 싼다고." 이렇게 자꾸 같은 말만 되풀이하는 그에게 멍멍이 밥을 다 주고 일어나서 말했다. "맞아요. 근데 아저씨는 똥도 못 누시나봐요."

그런데 또 다른 유형이 있을 줄은 정말 꿈에도 몰랐다. 이렇게 말로만 트집 잡는 것이 아니라 번거로움을 무릅쓰고 직접 행동하는 사람도 있었다. 얼마 전 신문 보도에 따르면, 타이베이시 당국은 올 상반기에 개와 고양이 3149마리를 안락사시켰다. 이는 작년 같은 기간보다 1.4배 증가한 수치이며 그중에서도 고양이 안락사는 두 배로 늘었다. 환경보호국은 이전에는 고양이 포획 건수가 이렇게 많지 않았는데, 올해 3월 이후로 (아마 사스SARS 때문일 것이다) 사람들이 전화나 이메일로 하도 신고와 진정을 해대는 바람에 고양이 포획이 대폭 늘었다고 했다. 또 자신들은 결코 주동적으로 고양이를 포획하지 않으며, 민원이 들어오면 포획 틀을 민원인에게 인계한다고도 덧붙였다. 그러면 민원인이 직접 고양이를 유인해 붙잡은 다음 환경보호국에 알리고, 직원이 그 고양이를 데려와 안락사시켜 소각한다고 했다.

나는 머리를 있는 대로 쥐어짜면서 이 고양이 포획인(사안을 수동적으로 처리하는 환경보호국 공무원을 가리키는 말이 아니다)의 심경을 상상해보려고 갖은 애를 썼다. 이런 걸까? 골목 어귀를 며칠째 어슬렁거리는 비쩍 마르고 꼬질꼬질한 저 고양이, 참 불쌍하면서도 혐오스럽다. 온몸에 페스트, 한타, 사스, 에이즈(?)…… 바이러스가 득시글거릴 것이 틀림없다. 이틀 연속 안 보이기에 굶어 죽거나 차에 치여 죽은 줄 알았더니 저물녘에 또다시 나타날 줄이야. 담장에 올라앉아 한가로이 더위를 식히는 모습이 정말 부럽다, 아니 가증스럽기 짝이 없다. 당연히 정원 호스로 물을 뿌리고 돌멩이와 병뚜껑을 던져 쫓아낸다. 저놈이 내 영역에 침입하는 것은 절대 용납 못 한다. 베란다에 있는 재스민이 비리비리한 꽃을 너무 일찍 피워낸 게 다 저놈이 화분에 몰래 똥을 싸고 가서 그런 거다. 저놈과 저놈의 동족 한두 놈이 밤에 싸우거나 송가를 불러대서 잠을 깨우는 것도 짜증 나 미치겠다. 내 아내는 나하고 안 잔 지 한참인데

저놈의 성생활은 오히려 나보다 더 활발하다니, 정말 질투
나서 못 살겠다…… 출근도 안 하고 세금도 안 내고
이 사회에 아무런 기여도 안 하는 쓰레기 주제에 뭘 믿고
저렇게 게걸스레 먹기만 한단 말이냐. 아무리 민원을
넣어도 민원인이 스스로 처리하란다. 그러니 내가 직접
유인하고 포획해 쓰레기를 청소하는 수밖에("나는 당국에
공을 세운 사람이다. 너도 알지, 내가 얼마나 많은 상금을 받고
얼마나 많은 투서를 보내 공산당을 총살시켰는지!" 스밍정施明正 🐈 의
「오줌을 마시는 자喝屎者」에서).

경험 많은 냥 천사가 굶주리고 상처 입고 괴롭힘을
당해 사람에게 일말의 호감도 없는 도시의 길고양이에게
어떻게 다가가는지 한번 볼까나. 대개 비가 쏟아지든
바람이 몰아치든 정해진 시간에 정해진 자리에서 밥을
주는 것부터 시작하는 모양이다. 그렇게 해서 고양이와
접촉하게 되기까지 짧게는 몇 주, 길게는 몇 년이 걸리는
듯하다. 그러니 우리, 도시 구석구석에 흩어져 있는 수백

🐈 타이완의 시인·화가·작가·접골사. 1961년 반란죄로 투옥되어 옥중에
서 글을 쓰기 시작해 단편 「목 타는 자渴死者」 「오줌을 마시는 자」로 우줘류
吳濁流 문학상을 받았다. 민진당 창당 멤버인 동생 스밍더施明德의 단식 투쟁
에 동참하던 중 폐부전으로 사망했다.

명의 부지런한 고양이 포획인도 그들 낭 천사와 같은
방식으로 해나가야 하리라(생각해보니 정말 머리가 지끈거리는
일이잖아!). 게다가 예전처럼 호통을 치고 싶어도 꾹 참아야
한다. 고양이가 우리를 보고 달아나지 않게끔 미소 띤
얼굴로 상냥하게 대해야 한다. 이렇게 참을성 있게 날마다
밥을 주면서 우리는 어린 고양이가 건강한 청소년으로
성장하는 모습을 목도한다. 비실비실하고 꼬질꼬질하던
고양이가 본래의 털색을 찾아 소담스러워지는 모습을,
커다란 눈을 동그랗게 뜨고 우리를 빤히 바라보는 모습을,
심지어 우리에게 말을 건네는 모습을. 그러면 우리,
오줌을 마시는 자들은 날을 잡는다. 우리를 완전히 믿게
된 그 녀석은 우리가 먹이를 놓아둔 포획 틀로 들어가고,
자동으로 문이 철컥 닫힌다(이런 끔찍한 책략이라니, 나로서는
꿈에도 상상 못 할 일이다✎). 그러면 녀석은 궁지에 몰린
짐승처럼 필사적으로 몸부림치거나, 놀라고 겁먹은 나머지
신경이 곤두서서 찍소리도 못 내거나, 포획 틀 구석에
움츠린 채 어릴 때 엄마한테 숱하게 들은 인족 금지령을
잊은 것을 깊이 뉘우치겠지…… 고양이 포획의 과정은

✎ 저자 본인의 입장으로 돌아와 기술.

잡동사니와 함께 있는 어린 황두黃豆.

냥 천사가 하는 일과 다를 바가 하나도 없다.

　내가 앞서 말한, 우리 세대의 친절이라 할 만한 것을 베풀
수는 없을까? 적극적으로는 냥 천사처럼, 소극적으로는
못 본 척 지나치며 길고양이 한 세대가 천수를 누리게끔
해줄 수는 없을까? 길고양이의 평균 수명은 고작 이삼
년이다. 거기에 중성화라는 개입이 더해지면 우리 세대에
빠른 성과를 볼 수 있을 것이다. 또는 매우 괴상망측한
표현이지만, 약하고 병들고 굶주리고 고통스러워하는
묘족이 우리 눈에 쉽사리 띄지 않게 될 것이 틀림없다(사실

나는 묘족이 고통받는 상황을 그저 묘족만의 굴욕으로 여긴
적이 없다. 근본적으로는 같은 시공간을 살아가는 우리 인족의
치욕이다).

물론 그렇게 생각하지 않는다는 반박이 즉각 돌아온다.
실업자, 건강보험료를 못 내는 사람, 제대로 된 점심을
못 먹는 사람…… 이들도 다 살기 힘들지 않나, 그런데
고양이를 돌보는 데 시간과 돈을 쓴다고?

이는 실로 엉뚱한 의문이다. 내가 아는 냥 천사들의
사회적 지위와 능력은 제각각이며, 그들이 인족
약자들에게도 기부를 하거나 도움을 주는지는 나도
잘 모른다. 하지만 오히려 이처럼 자신만만하게 반박하는
사람들이야말로 인정이든 돈이든 그 무언가를 지극히
아끼리라는 것을 나는 확신할 수 있다. 그들은 남이건
자신이건 동정심을 함부로 남발해서는 안 된다고 여긴다.
반드시 인류의 위대하고 궁극적인 목표에, 즉 성스러운
전투나 건국, 아니면 어떤 엄청나게 유명한 법사를 섬기고
예를 표하는 데 그것을 써야 한다고…… 시간이 흐를수록
그들은 더없이 완고해졌으며, 초심에서 크게 벗어나 세상
모든 일에 인정을 보이지 않게 됐다.

우리의 냥 천사는 동정심을 결코 높은 제상에 올리는

함께 햇볕을 쬐는 묘족과 견족.

신성한 법기로 여기지 않는다. 집에서 늘 쓰는 식칼이나 가위로 여겨 수시로 꺼내 쓰고 언제나 잘 벼려둔다. 그래야 진정 큰일이 생겼을 때 녹슬어 못 쓰는 일이 없을 테니까.

고통받는 생명을 보면서 눈시울이 뜨거워지고 가슴이 뜨거워지는 사람이, 똑같이 고통받는 다른 커다란 포유 생명체를 보면서 무감각할 리 없다. 인정을 황금처럼 아끼는 사람은? 그들에게는 도리어 이러한 확신을 가질 수 없다.

물론 냥 천사를 신성시할 생각은 전혀 없으며, 타인이

우선시하는 다른 가치를 배척하려는 것도 결코 아니다. 지금 이 순간 이 문제가 가장 중대하다고 주장하는 것도, 모든 사람이 모든 관심과 자원을 '개 고양이를 돌보는 사소한 일'을 해결하는 데 쏟아야 한다는 것도 아니다. 내 얘기는 그게 아니다. 당연히 아니다.

내가 아는 어떤 냥 천사는 길에서 지내는 개와 고양이에게 밥 주는 데 매일 여섯 시간을 쓴다. 출발하기 전에 준비하는 시간은 따로다. 어느 수의사가 장기적으로 기부해주는 개와 고양이 사료를 봉지에 나누어 담고(어떤 장소에는 십여 마리가, 어떤 장소에는 한두 마리가 찾아온다), 물그릇을 준비해(쓰레기라고 트집 잡으며 갖다 버리는 사람이 늘 있다) 날씨가 아무리 궂어도 오토바이를 타고 다안大安구와 신이信義구를 구석구석 돌고, 고양이와 친해지면 중성화를 시키고, 온순한 고양이는 절차에 따라 입양 보내려 애쓰고, 사람과 함께 살기를 원치 않는 고양이는 원래 자리에 풀어주고, 차에 치여 죽은 고양이를 만나면 명복을 빌어주고, 환경보호국에 보내 화장시키고……
이 세세하고도 중대한 과정 가운데 어떤 일에는 자기 돈을 쓰고 어떤 일에는 정부 보조금이 찔끔 나온다. 그가 이 온갖 일을 어떻게 해내는지 나는 모른다. 그저 이 냥 천사가 오전 9시부터 오후 5시까지 할 수 있는 일 대신 신문 배달과 뷔페식당 설거지 같은 여러 일을 하기로 했다는 사실만 알 뿐이다. 그는 휴가도 없고, 몸져누워 있지도 못한다(목이 빠져라 밥을 기다리는 개와 고양이가 수십 곳에 있다고 생각하면)……

이런 사람은 비단 그 한 명뿐만이 아니다.

나로 말하자면, 나는 그들의 발치에도 못 미친다. 나는 그저 집 주변 1~2킬로미터 안에 있는 고양이들만 돌볼 뿐이다. 오래전부터 나는 아주아주 커다란 까만색 에코백을 들고 다닌다. 그 속에는 집필하는 원고나 책이 들어 있는데, 길을 잃거나 버려진, 야위고 지저분한 젖먹이 아가냥을 만나면 에코백 주머니에 쓱 넣어 상황에 따라 집으로 데려가거나 우리의 수의사 친구 우 선생에게 데려간다. 겁에 질리거나 덜덜 떨거나 흠뻑 젖은 아기고양이는 까만 캔버스 주머니에만 들어가면 자궁 속 혹은 어두운 밤 엄마 품에 있는 기분이 드는지 울지 않는다.

예전에 집에 돌아오지 않는 머글을 찾아다닐 때, 나는 지상에 있는 사람들이 다 듣도록 소리쳐 부르고 여기저기 묻고 다녔으며, 전철을 타면 온갖 각도로 고개를 틀어가며

높은 곳을 탐색했다. 그때의 나는 마치 눈을 부릅뜬 채
공중을 선회하며 사냥감을 탐색하는 커다란 관수리 같았다.
무자 전철역에서 시작해 여러 역을 지나며 창밖으로
내다보이는 어느 건물 발코니나 어느 지붕에서 어떤
고양이가 햇볕을 쬐고 있었는지, 아직도 눈에 선하다.

　내가 여태껏 (나만의 방식을) 포기한 적이 없다 해도,
인족의 세계를 바꾸고 뒤흔드는 일이 얼마나 어려운지는
잘 알고 있다. 그러나 동시에 또 다른 세계에서는 이토록
사소한 수고로 궁지에 몰린 작고 약한 생명의 운명을
손쉽게, 완전히 바꿔놓을 수 있다는 사실에 지금도 종종
나 혼자 놀라며 감탄하곤 한다. 이것이 바로 아무런 보답도
바라지 않은 채 묵묵히 행동하는 냥 천사가 얻는 가장
커다란 보답이자 성취감이 아닐까.

모든 고양이가
사랑스러운 건
아니다

손 가는 대로 고양이 글을 몇 편 쓰는 바람에 아는
사람부터 모르는 사람까지 여럿을 부추기게 됐다. 다들
아름다운 인연이 시작되리라는 기대에 부풀어 길고양이를
입양하려는 마음을 먹었을 터.

　　그러다 보니 나에게는 다음과 같은 사실을 알릴 의무가
생겼다. 절대 그렇지 않다고, 모든 고양이가 사랑스러운 건
아니라고, 모든 고양이가 우리가 이루지 못한 야성의
꿈을(내셔널지오그래픽이나 디스커버리나 애니멀플래닛
채널에 나오는 야생의 사냥꾼들 곁에서 그들을 24시간 관찰하는

동물학자가 되고자 했던 꿈을) 다소나마 실현시켜주는 건
아니라고 말이다.

겁쟁이 고양이

알고 보니 우리 고양이가 황야의 사냥꾼과는 영 딴판인
겁쟁이라는 사실에 대단히 실망하게 될 가능성이 매우
높다. 아주 흔한 상황이다. 어린 길고양이라면 거의 모두가
쓰라린 묘생 역정을 거쳤다. 엄마를 잃거나, 허약하고
장애가 있어 엄마(그리고 대자연)에게 버림받거나, 엄마에게
변이 생겨 돌아오지 못하거나…… 우리 집 고양이 역사상
가장 겁 많은 아펙이 그 완벽한 전형이다. 엄마냥이 아펙을
데리고 수리 중인 빈집의 냉방기 틈새로 이사했는데,
무슨 일인지 엄마냥은 다시 나타나지 않았다. 쉬지 않고
빽빽(아펙의 아명) 울어대는 소리가 사방 수십 미터까지
울려 퍼졌고, 건너편 집에 사는 우리는 고양이 울음소리가
신경 쓰여 온종일 아무것도 할 수 없었다. 가장 마음 여린
톈원이 결국 붓을 팽개치고 아가냥을 찾으러 나갔다.
그렇게 남의 빈집에 무단 침입까지 하면서 1층과 2층을

상처를 치료 중인 아펙.

우리 집에 갓 온 겁쟁이 아펙.

모든 고양이가 사랑스러운 건 아니다

뒤졌지만 엄마냥이 아가냥을 얼마나 꼭꼭 잘 숨겨놓았는지 도저히 손이 닿지 않았다. 텐원은 어쩔 수 없이 일을 마쳐가는 배관공에게 도움을 요청했고, 친절한 배관공은 기꺼이 응해주었다. 초대형 스패너로 냉방기를 마구 두들기는 폭력적인 방법을 써서 말이다.

반 시간이 지나자 사람도 고양이도 귀청이 떨어져나가고 정신이 혼미해질 지경이 됐다. 처음에 텐원은 이 일로 말미암아 빽빽이가 귀머거리가 되진 않을까 걱정했지만 괜한 걱정이었다. 자지러지게 놀란 빽빽이를 위해 텐원은 1층 거실에서 견족·묘족·인족과 어울려 지내게 하는 전례를 깨고 그를 자기 침실로 데려갔다. 그러자 빽빽이는 책상과 벽 모퉁이 사이의 좁은 틈새로 파고들었고, 아주 조그만 기척에도 완전히 모습을 감추었다(그러니 귀머거리는 아닌 셈이었다). 거의 한 달이 지나서야 우리는 빽빽이를 살짝 볼 수 있었다. 그는 목과 배가 하얀 치즈냥이었다. 이렇게 생긴 수고양이는 대개 말이 많고 뻔뻔할 만큼 대범한 성격이라 줄무늬 수고양이 다음으로 사람과 끈끈한 관계를 맺는다. 그런데 아펙은 완전히 이례적이었다. 그나마 가장 믿을 만한 생명의 은인인 텐원에게조차 마음을 열지 않고 조심스러운 태도를 보였다. 잠깐이라도 긴장을 풀어주면 마음이 좀 치유될까 하여 톈원은 틈날 때마다 일부러 정신 나간 듯 장난을 쳤지만 아펙은 놀 생각이 전혀 없었다. 그저 작은 일에도 움찔해서는 주춤주춤 창턱으로 물러났고, 멀찍이 웅크린 채 미친 여자보듯 불안한 눈빛으로 톈원을 지켜볼 뿐이었다.

아펙이라는 이름을 붙인 이유를 설명하고 넘어가야겠다. 오랜 세월 동안 우리 집에는 적게는 다섯 마리에서 많게는 열두 마리의 고양이가 들락날락하며 왔다가 떠나가곤 했다. 묘족에게 마이크로칩을 심어 신분을 등록하는 시대가 됐을 때, 우리는 그들의 나이가 대략 얼마나 되는지 하나하나 정확히 말해야 한다는 사실을 알게 되었다. 그래서 일을 덜고자 시사적인 이름을 붙여 기억하기로 했다. 아펙을 만난 해 10월은 마침 외교 실무 경험이 부족한 새 정부가 APEC(아시아태평양경제협력체) 첫 참가를 앞두고 우왕좌왕할 때였다. 이듬해 타이완 북부에 극심한 가뭄이 들었을 때 온 암고양이는 한한旱旱🐱이 되었고, 참치가 매우

🐱 '가물다'는 뜻.

상처를 치료 중인 아펙.

많이 잡힌 해에 온 암고양이는 토로✎, 다들 장이머우의
영화 「영웅」 이야기를 할 때 주워온 작고 검은 수고양이는
영웅, 사스가 유행한 최근에 데려온 못생긴 암고양이는
사스…… 이런 식이었다.

✎ '참치 뱃살'이라는 뜻의 일본어.

못생긴 고양이

그렇다. 데려오기가 망설여져 손이 움츠러들 정도로 못생긴 고양이를 만날 수도 있다. 예전에 우리 집에 살았던 커다란 흑백 무늬 수고양이는 추한 생김새 때문에 아추^{阿醜}🐈라는 이름이 붙었고, 때때로 히틀러라 불리기도 했다. 몸이건 얼굴이건 그 어떤 규칙도 없는 어지러운 흑백 무늬가 있는 가운데 인중에 유난히 짙고 검은 획 하나가 있었기 때문이다. 게다가 첫 번째 민선 시장 선거에서 각 후보자가 지지자들을 동원해 격렬한 선거운동을 벌일 때, 국민당 자오사오캉^{趙少康} 후보 포스터 사진의 인중에 검은 칠이 되어 있는 일이 빈번했다. "불법 행위자는 깡그리 잡아들인다"는 자오사오캉의 주장이 히틀러와 다를 바 없다는 뜻으로 상대편 지지자들이 칠해놓은 것이었는데, 우리는 포스터를 볼 때마다 이렇게 말하지 않을 수 없었다. "우리 집 아추잖아!"

또 한한은 가뭄으로 지역에 물 공급이 제한될 때 누군가

🐈 타이완과 중국 남방에서는 이름의 한 글자나 성씨 앞에 아^阿 자를 붙여 친근함을 표현한다.

소심이 아펙.

못난이 한한.

우리 집 대문 앞에 놔두고 간 고양이다(버렸다고 말하고 싶지는 않다. 행동거지로 보건대 한한은 금이야 옥이야 사랑받던 고양이임에 틀림없었다). 한한의 이동장은 정말 예뻤고, 안에는 꽃이 새겨진 전용 물잔에 일본 어느 신사에서 구해 온 부적까지 있었으며 함께 넣은 고양이 먹거리도 고급 수입 제품이었다. 한한은 어린아이처럼 잠투정을 했다. 나무 주위를 맴도는 말벌처럼 애앵애앵 쉬지 않고 불평을 늘어놓다가, 끝내는 원고지를 펼쳐놓은 책상에 누워 사람 손가락을 깨물면서야 잠이 들었다. 그래서 우리는 한한의 집사는 늘 한한을 품에 끼고 같이 먹고 같이 자고 같이 일했을 것이며, 외국으로 공부하러 나가게 되어 어쩔 수 없이 다른 집사를 찾아야 했을 거라 짐작했다('유기'라는 두 글자는 쓰지 않겠다. 나는 이렇게 믿기로 했다. 한한의 집사가 우리 집을 오랫동안 몰래 관찰했으며, 우리가 그…… 엄청난 못난이 고양이에게 잘해주리라 확신했을 거라고).

한한은 진짜 진짜 못생겼다. 짧고 부스스한 얼굴 털이 꼭 갓 머리 깎고 입대한 남자처럼 어리바리해 보여서 우리는 한한이 암고양이임을 잊곤 했다. 하얀 바탕에 잿빛 무늬가 아무런 규칙도 없이 마구 찍힌 한한의 털을 멍멍은 이렇게

왼쪽 끝은 광미, 앞쪽은 쪼잔한 대백, 오른쪽 끝은 목이, 조그만 치즈냥은 그릉이.

묘사했다. 그림 그리는 사람 옆에서 쪼그리고 구경하다가 붓 빨면서 털어낸 물을 잔뜩 맞은 거라고. 우리는 생각날 때마다 한한을 소리쳐 불렀다. "주한팅朱旱停🐱, 못난이." 그럴 때마다 한한은 재깍재깍 대답하면서 뭐라 뭐라 복잡하기 그지없는 말을 했다. 우리 인족만 그리 느끼는 게 아니라 묘족도 똑같이 느꼈는지 한한은 통역사로 공천되었다. 그리하여 밥 주는 책임을 맡은 엄마가 2층에서 일본어 원고를 번역하느라 밥때를 잊으면 고양이들은 주한팅에게

🐱 가뭄旱이 어서 끝나停라는 뜻에서 이런 별명을 붙였다고 한다.

엄마 방문 앞에 가서 재촉 좀 해달라고 정중히 요청했고, 한한은 한 번도 빠짐없이 그 임무를 완수해냈다.

말하기 좋아하는 고양이

그러니까 수다가 끊이지 않는 고양이라면, 나도 모르게 그와 한참 동안 이야기를 나누게 된다. "그치만 고양이랑 사람은 달라." "다른 집 고양이도 이런다니?" "안 된다면 안 되는 거야." "솔직히 말하면, 나도 너처럼 살고 싶어." "그럴 리가." "못 믿겠으면 ××한테 가서 물어봐." ××는 근엄하고 우직하고 정직한, 거짓말을 할 줄 모르는 고양이다.

근엄하고 우직한 고양이

수다스럽지도 않고 식탐도 없고, 식탁이며 찬장이며 책장에 멋대로 올라가 물건을 깨뜨리지도 않는 고양이를 만났다면 일단 무척 기쁠 것이다. 그는 조용하고 근엄하고 자제력이 있으며, 언제나 가만히 웅크린 채 철학자처럼 깊은 사색에 잠겨 있다. 집에 있는지 없는지 티도 별로 안 나는 이런 고양이가 우리 집에도 몇 마리 있었는데, 이따금 반드시 점호를 해야 했다. 점호를 하다가 마지막에 한 마리가 없는데 도대체 누구일까 이리저리 생각해보면 꼭 이런 고양이였다.

그중 하나가 수고양이 광미※※다. 원래는 황미라고 불렀는데, 이렇게 색깔로 적당히 이름 붙인 고양이는 대개 희망적인 상황이 아니며, 하루 이틀이나 버틸까 싶은 상태다. 처음 왔을 때 광미는 우리 손바닥보다 작았고, 무게도 온기도 느껴지지 않아 곧 죽을 것만 같았다. 그래도 우리는 최선을 다해보기로 했고, 식구들이 번갈아 손바닥에 쥐고 보살핀 끝에 광미는 목숨을 건졌다. 그래도 원체 약하다 보니 텐원이 곁에 두고 일 분이라도 더 보살피려 했다.

광미는 총애를 등에 업고도 교만하지 않았다. 언제나 구석에 웅크린 채 묵직한 시선으로 인족을 관찰했고, 우리를 두려워하지도 우리에게 치대지도 않았다. 나는 어쩌다 만나게 되는 몇몇 고고한 사냥꾼에게 걸핏하면 매료되어 그들에게 온 마음을 쏟아부었지만, 돌연 집을 떠나 종적이

살아나지 못할 줄 알았던 광미.

엄숙하고 과묵한 고양이 광미.

모든 고양이가 사랑스러운 건 아니다

묘연해진 그들 때문에 슬픔에 젖고 실의에 빠지기도 했다. 이런 공백기마다 나는 광미를 돌아보며 그에게 사랑을 마구 퍼부었다. 근엄하고 우직한 광미를 들쑤시며 장난을 걸고, 두 뺨을 주물주물하고, 그의 인내심을 넘어설 만큼 두들겨대고, 동의도 구하지 않고 꽉 끌어안았다. 그럴 때마다 나는 큰삼촌 행세를 했다(어린 시절을 돌아보면 큰삼촌은 내 동그란 얼굴을 볼 때마다 못 참고 손을 뻗어 꼬집으며 나를 아프고 화나게 만들었다).

광미는 나의 변덕스러운 사랑을 놓고 따지는 법이 없었다. 그에게는 텐원이 있었으니까. 내가 느끼기에 그 둘은 줄곧 토상土象 별자리🐱 같은 감정으로 서로를 대했다.

광미는 나중에 세균성 복막염에 걸려 반년 동안 병원을 빈번히 드나들며 수술과 화학 치료를 받았다. 병세에 따라 감정이 들쑥날쑥해져 사람을 들볶는 광미를 보살피며 텐원은 아버지가 석 달 동안 병석에 누워 계실 때보다 더 애 끓이며 힘겨워했다. 텐원이 버티기 힘들어하는 모습을

🐱 12별자리를 수水·화火·풍風·토土의 사상四象으로 분류할 때, 토상은 황소자리·처녀자리·염소자리로, 내향적이고 신중한 성격을 가진 것으로 알려져 있다.

그때 처음 본 것 같다. 자신이 각본을 쓴 영화 「밀레니엄
맘보」 시상식 때문에 칸에 가야 했던 텐원은 보름이 넘도록
바닷가 마을을 혼자 이리저리 거닐 뿐 감히 집에 전화를
걸지 못했고, 집에 있는 우리도 마찬가지였다. 큰삼촌인
나는 텐원이 하던 대로 날마다 광미를 품에 안고 햇볕을
따라 자리를 옮겨다녔다. 그러면서 수시로 최면요법을
써서 광미에게 칭찬을 쏟아부었다. "우리 광미 진짜 진짜
대단해, 정말 목숨이 아홉 개인 고양이야."

광미는 건강하던 시절처럼 근엄하고 과묵하게 텐원이
돌아올 때까지 버텼다. 우리가 내내 했던 말, "텐원은 곧
돌아온단다"가 사실임을 확인한 광미는 텐원이 돌아온
다음 날 안심하고 우리 곁을 떠났다.

고고高高와 붕붕蹦蹦✎도 근엄하고 과묵한 고양이다.

삼색냥 고고는 길에서 왔을 때 아기라고는 할 수 없는
고양이였는데 지능은 조금도 발달하지 않은 듯했다. 그런
털색이라면 마땅히 총명해야 하건만, 고고는 삼색이의
전례를 완전히 깨는 고양이였다. 게다가 고고는 먹는 데만
관심이 있어서 먹을 걸 다 먹고 나면 창가에 우두커니 앉아

✎ '깡충깡충'이라는 뜻.

있기만 했다. 기골이 장대하고 두 눈에는 아무런 표정이 없어 꼭 이스터섬의 모아이 같았달까. 묘족도 견족도 고고 곁을 지나가려다 흠칫 놀라 달아나곤 했다.

붕붕은 정상을 참작해줘야 한다. 우리가 뒷산에 버려진 그를 발견했을 때, 철창 문은 열려 있었고 그 안에 있던 어린 붕붕은 견족 무리에게 물려 내장이 상하고 뒷다리 하나가 부러져 있었다. 우리는 할 수 있는 일은 다 해보기로 하고 붕붕을 동물병원으로 데려갔다. 상처를 봉합하고 관절에 철심을 박았고, 살아 있다면 2주 뒤에 다시 와서 철심을 제거하기로 했다.

붕붕은 겨우 일주일 만에 이름대로 깡충깡충 뛰기 시작했는데, 철심이 살을 뚫고 나와 하늘을 찌를 듯 곤추서 있었다. 그걸 보면서 어떻게 해야 하나 망설이고 있을 때 쨍그랑 소리와 함께 철심이 떨어졌고, 바닥을 쓸던 누군가가 철심을 쓸어 담았다. 그러나 붕붕은 그때부터 목소리를 잃었으며 원래는 길었던 꼬리도 개에게 물린 상처 때문에 수축되고 마비되고 늘어져 꼬리 잘린 고양이처럼 되고 말았다. 그래도 몸집은 제법 커서 서발이나 삵처럼 보였다. 붕붕은 멀리 나다니는 일이 없고 견족과도 사이좋게 지내며 병치레 없이 줄곧 건강해 지금

'산타 소피아' 붕붕. 옆에 있는 개는 괴괴怪怪.

우리 집에서 가장 나이 많고 가장 장수하고 있는 고양이다.
또 몸단장을 매우 좋아해서 털이 축축해져 무늬가
선명하게 드러날 때까지 몸을 핥아댄다. 다만 말이 없고
스스로를 잘 돌보며 사람에게 치댄 적이 없어서 우리는
종종 붕붕의 존재를 잊곤 한다. 우리가 보기에 붕붕은
『백년의 고독』에서 젊은 날 재규어처럼 눈을 번뜩이던,
쌍둥이를 낳고 과부살이를 하다 부엌에서 늙어간, 위아래
서너 세대 누구에게도 기억되지 않은, 부엔디아 일가의
마지막 세 사람 가운데 한 명인, 어느 10월 아침 고지高地의
고향으로 돌아가기로 결심한 그 여인, 산타 소피아다.

모든 고양이가 사랑스러운 건 아니다

훔쳐 먹는 고양이

우리 산타 소피아는 훔쳐 먹기의 달인이다.

다른 몇몇 고양이도 훔쳐 먹기를 좋아하지만, 보통 손을 쓰기 전에 소리쳐 세상에 알린다. "훔친다" "진짜 훔친다" "나 분명 경고했다" "오, 사, 삼, 이, 일……". 그렇게 그들은 안 된다고 호통치며 달려오는 인족과 군자처럼 정정당당하게 빠르기를 겨룬다.

반면 붕붕은 아무 소리 없이 훔쳐 먹는다. 우리 모두 붕붕 곁에 있으면서도 바닥에서 견족이 먹이다툼하는 소리를 듣고서야 저녁 식탁에서 생선이 없어진 걸 알아차리곤 한다. 고양이가 생선을 훔치는 건 당연한 일인지라 우리는 대개 생선을 못 지킨 책임을 식탁과 가장 가까이에 있는 사람에게 돌리고 만다. 그런데 붕붕은 이걸로 만족하지 않는다. 라면, 멕시칸 옥수수 칩, 표고버섯, 진공포장 분쇄 커피…… 붕붕이 탐내는 기나긴 목록은 여느 고양이가 안 먹는 음식투성이다.

붕붕은 포장을 보통 이빨이나 발톱으로 뜯어발긴다. 호기심 많은 어린아이처럼 그저 뭐가 들어 있나 궁금해 냄새를 맡아보려는 거다. 그 자리에서 우리가 목격하면 다행이다. 가장 두려운 상황은 열흘이나 보름 뒤에 눅눅해지고 맛이 변한 음식을 마주하는 것이다.

이건, 아직 최악이 아니다.

꽁한 고양이

속 좁고 질투심 많고 상처받기 쉬운 영혼을 가진 고양이와 함께하게 될 가능성도 있다.

지금 우리 눈앞에 있는 고양이 왕 대백이 딱 그런 녀석인데, 이런 성격이 선천적인 건지 후천적인 건지 영 알 길이 없다. 대백은 덩치 큰 고참 수고양이로 드문드문 여러 차례 왕위를 차지했다. 누구를 탓하랴, 그가 암암리에 폭력에 가까운 행위로 늙거나 어린 묘족을 괴롭히는 모습을 한두 번 본 게 아니니. 사지도 몸통도 길쭉한 대백은 광분할 때면 날개가 돋아나는 것만 같다. 이것저것 깨부수며 사방팔방 달아나는 노인과 어린이를 저공비행으로 추격한다. 그런고로 새로운 수고양이가 나타나거나 어린 수고양이가 어른이 될 때마다 대백은 즉시 왕위를 찬탈당했다. 십자군 원정을 떠난 사자왕

속 좁은 고양이 왕 대백.

리처드의 동생이자 섭정으로 도무지 민심을 얻지 못한
존 왕처럼 말이다.

　평민이 되어 은거하는 나날이면 대백은 부엌 가장 높은
찬장 구석으로 피신하곤 했다. 거기서 남몰래 비통하기
그지없는 표정을 짓고 있다가 밥때가 되어서야 내려왔다.
인족과 견족을 포함한 온 식구 가운데 대백을 안쓰럽게
여기는 이는 오로지 멍멍뿐이었다. 멍멍이 내민 음식에
홀려 대백이 내려오면 멍멍은 그런 그를 안으며 마음을
달래줬지만, 누군가가(보통 내가) 허리에 손을 얹고

지난날의 잘못을 다그치는 일을 막을 순 없었다. "너 아침에 베이스를 죽어라 쫓아다녔지, 한 대 맞아야겠어!" 그러면 대백은 정말 서러운 나머지 피를 토할 지경이 되었고, 우리는 『삼국지』의 주유라든지 ×××라든지, 우리가 생각하는 몇몇 음험한 책략가의 이름으로 대백을 불러댔다.

지금 대백은 왕위 방어전을 벌이고 있다. 얼마 전 수고양이 뭉툭이 새로 나타났기 때문이다.

야성적인 고양이

타협의 여지가 전혀 없는 야성적인 고양이를 만날 가능성도 꽤 높다. 겨울이면 고양이가 우리 무릎에 올라와 포근히 몸을 맡기거나 발치에서 쌔근쌔근 잠들 거라는 아름다운 환상을, 이들 야성적인 고양이는 제대로 깨부숴준다.

사스가 번지던 무렵의 어느 깊은 밤, 어떤 소리를 들은 톈원이 개와 함께 그 소리를 쫓아서 간 신하이 터널 입구에서 찾아낸 어린 고양이 사스가 바로 그런 고양이다(그러니 그 시절 어느 이슥한 밤에 괴담 가득한 신하이 터널에서 머리 풀어헤친 귀신을 본 듯하다면, 염려 놓으시라).

소^小사스, 사사, 스스…… 그 어떤 애칭으로 불러봐도, 그
어떤 맛난 음식을 줘도, 아무리 다정하게 보살펴도 다
부질없었다. 사스는 묘족 언니 오빠들과는 아주 사이좋게
지냈고, 견족에게는 경이원지敬而遠之하는 태도를 취했으며,
인족에게는 의심과 경계심을 잔뜩 품었다. 사스는 언제나
이 구석 또는 저 구석에서 늑대처럼 무표정한 눈빛으로
우리를 가만히 관찰했다. 우리와 한 지붕 아래 살 수밖에
없다는 사실에 괴로움마저 느끼는 기색이었다. 사스는
인족이 떠나고 자기가 이 공간을 차지할 날을 참을성 있게
기다리고 있었다.

왼쪽은 어린 사스, 옆은 사스가 가장 좋아하는 베이스 오라버니.

(하지만 나는 다가갈 수 없는 사스가 좋아 죽겠다. 어쩌다 손이 닿았을 때 사스가 펄쩍 뛰어 달아나지 않으면 얼마나 기쁜지 모른다.)

신하이 고양이도 이런 야성적인 고양이다. 신하이 고양이는 사실 고양이 한 무리의 총칭이다. 처음에 들고양이 사스 엄마(눈빛이 우리 집 사스와 너무 비슷해서 이렇게 불렀다)가 신하이초등학교 운동장에 새끼를 낳아 키웠다. 사스 엄마의 활동 경로를 살짝궁 알게 된 우리는 시간을 정해 밥을 주기 시작했다. 첫 번째 이유는 그와 어떻게든 친해져 중성화를 시키기 위해서였고, 두 번째 이유는 아가냥들이 사람에 익숙해지게 만들어 나중에 입양을 보내기 위해서였다.

우리는 비바람을 무릅쓰며 반년 넘게 그들에게 밥을 주었다. 그동안 태풍이 두 차례나 있었지만, 고양이 삼모자가 옛사람 미생尾生(여인과 만날 약속을 했지만 여인은 오지 않았고, 갑자기 강물이 불었지만 미생은 기둥을 붙잡고 우직하게 기다리다 익사했다)처럼 그곳에서 기다리고 있다고 생각하면 도저히 약속을 어길 수가 없었다.

사스 엄마는 우리에게 조금도 감동하지 않았을 뿐 아니라 어린 자식들이 우리에게 정 붙이는 것마저 엄금했다. 매일 저녁 8시경, 어둠이 깔린 운동장 한구석에서 우릴

기다리던 삼모자는 멀리서 우리가 나타나면 바람처럼
달려와 맞이했다. 두 어린이 소리리小狸狸🐱와 소小베이스
(우리 집 베이스와 닮아서)는 우리가 주는 밥을 먹고 쑥쑥
자랐지만 엄마의 엄격한 가르침을 잊진 않았다. 둘은
입으로는 쉿쉿, 위협적인 소리를 내면서도 꼬리를 꼿꼿이
세우고 네발로 꾹꾹이(엄마 젖을 먹으면서 엄마 몸을 발로
꾹꾹 누르는 동작)를 하는 등 몸짓 언어로 호감과 행복감을
표했다. 언행불일치가 이렇게 심할 수는 없었다.

집에 붙어 있지 않는 고양이

집에서 살지 않으려는 고양이는 신하이 고양이뿐만이
아니다. 운이 좋다고 해야 할지 나쁘다고 해야 할지
모르겠지만, 불세출의 고양이 대왕을 만날 수도 있다.
그 기개, 그 야망을 보면 감히 나 혼자서 그를 소유하거나
구속하거나 가둘 생각은 하지도 못한다. 심지어 그의

🐱 狸는 살쾡이라는 뜻으로, 저자 아버지의 고향에서 잿빛 줄무늬 고양이
를 리마오狸猫라고 불렀다고 한다.

천부묘권을 차마 박탈할 수가 없어 중성화마저 단념하게
된다.

　최근 우리 집 고양이 역사에 그런 고양이 대왕이 한 마리
출현했으니, 바로 금침이다. 금침과 목이는 젖을 떼기도
전에 이웃이 쓰레기처럼 우리에게 버린 고양이 형제다.
금침은 목과 배가 하얀 치즈냥으로 몸집은 그리 크지
않으며 소소한 병을 달고 지냈는데 주로 피부병이었다.
특히 금침이 멀리 순행을 나갔다 돌아오면 채 낫지도
않은 묵은 상처 위에 새로운 상처가 더해져 있었다.
목에서 어깨까지 난 상처는 유독 낫지 않아서 평생 금침을
따라다니며 곪거나 염증을 일으켰다. 이런 상처를 돌볼 때

고양이 왕 금침.

수의사들이 사용하는 빅토리아 여왕의 목걸이가 있긴
했지만 우리는 그걸 금침에게 씌울 수가 없었다. 순행
길에서 움직임이 불편해져 위험에 빠질까 염려스러웠기
때문이다. 그리하여 텐원은 금침의 상처를 싸매는
갖가지 방법을 고안했고, 무수한 개량을 거친 끝에 결국
걸스카우트식 붕대법이 낙점되었다. 하얀 거즈를 한쪽
겨드랑이 밑으로 비스듬히 통과시켜 단단히 동여매는
방식으로, 금침이 못 참고 잡아 뜯지 않도록 약을 발랐고,
상처를 싸맬 때마다 현장에 있는 사람들이 일제히 갈채를
보냈다. "너무 멋지다, 정말 멋져, 우리 침침(금침의 애칭)."

　자아도취에 빠진 금침은 잘 참아냈고, 거즈를 두른 채
순방을 떠났다.
　며칠간의 여정을 마치고 돌아올 때마다 금침은 온 식구가
한결같이 자신을 열렬히 환영해주길 바랐다. 보통 뒤뜰
담장을 타고 2층 베란다로 올라와 창문을 뛰어넘어 집에
들어와 1층으로 내려왔는데, 때마침 우리가 계단을 마주
보는 식탁에 둘러앉아 밥을 먹거나 이야기를 나누고 있으면
금침은 계단을 독무대 삼아 유유히 내려왔다. 이때 누군가
얼른 그것을 알아차려야 했고, 그러면 다 같이

손뼉을 치면서 입을 모아 외쳤다. "고양이 대왕님, 귀환을 환영합니다." 만약 반응이 없으면 금침은 멈칫거리다가 곰곰이 생각하고는 계단을 잽싸게 내려와 부엌문을 밀고 나가 담장으로 뛰어올라 2층 베란다 창문을 넘어 집에 들어와서는 (두어 번 헛기침을 하며) 다시 한번 엄숙하게 등장했다. 우리가 비어져 나오는 웃음을 참으며 열렬한 환영식을 치러줄 때까지 계속 이런 식이었다.

(오래된 일본 드라마 「남자는 괴로워男はつらいよ」에서 주인공 토라짱이 방랑에서 돌아올 때마다 보이는 태도와 어찌 그리 똑같은지, 너무나 신기했다.)

집에 돌아와 겨우 며칠을 지냈을 뿐인데 창턱에 앉아 넋을 놓고 하늘을 바라보는 금침을 볼 때마다 우리는 마음에 없는 말을 하며 부드럽게 타일렀다. "상처 잘 치료하고 나서 또 다녀오자(사실 나는 그의 방탕한 묘생이 얼마나 부러웠던지!)." 끝내는, 끝내는, 신비로운 바람이 부는 어느 날 금침은 집을 나섰고, 담장 옆 나뭇가지에 걸려 찢어진 하얀 거즈 조각이 조그만 돛처럼 바람에 펄럭였다. 그걸 가장 먼저 발견한 누군가가 한숨 쉬며 중얼거린다. "침침이 또 나갔네……."

우편함에 들어간 고양이 왕 금침.

온몸에 상처를 입은 고양이 왕 금침.

독신남 클럽

또 어쩌면, 행실이 반듯하지 않지만 고양이 대왕이 될
생각은 전혀 없는 수고양이(들)를 만날 수도 있다. 우리가
말하는 '독신남 클럽'은 특정 성격을 묘사할 때도 있고,
특정 그룹을 가리킬 때도 있다.

독신남 클럽은 자연에서 무리 지어 생활하는 고양잇과
동물(사자나 치타)에게서 흔히 보인다. 사자를 보면, 왕이
아직 한창때라 암사자와의 교배 독점권을 갖고 있을 때,
나머지 수사자들은 무리 지어 놀고먹다가 어쩌다 한 번씩
영토를 지키는 책임을 분담한다. 그러다 일생에 한 번
올까 말까 한 기회가 찾아오면 혁명을 일으켜 왕위를
찬탈한다. 치타 무리는 모계사회인지라 독신남 치타들은
권력을 빼앗고 왕위를 찬탈해야 한다는 유일한 사명마저
면제받았다. 사냥과 육아 모두 암컷 치타가 도맡아 하고,
수컷 치타는 정말 온종일 빈둥빈둥 놀면서 평생을 보낸다.

우리 집 고양이 역사에서도 성격 또는 생태에 따라
형성된 독신남 클럽이 종종 있었다. 전형적인 사례가 지금
내 눈앞에 있는 베이스와 영웅이다.

베이스는 타이베이제일여고 밴드부에서 베이스를 치는

학생이 작년 여름방학에 학교에 연습하러 나갔다가 운동장 구석에서 주운 아가냥이었다. 그를 키워도 된다는 집이 한 곳도 없어 학생들이 번갈아가며 보살폈다는데, 그럴 만도 했다. 사람과 친밀한 베이스의 성격으로 미루어 보건대 학생들은 한 손으로는 베이스를 쥔 채 다른 손으로 컴퓨터를 하고, 숙제를 하고, 음식을 먹고, 화장실에도 데리고 갔겠지…… 그런 상황에서 부모님이 짜증을 안 낸 게 오히려 이상한 일이었다.

그렇게 어린 베이스는 『홍루몽』의 남자 주인공 가보옥처럼 누나들의 연지와 분 냄새에 파묻혀 지냈다. 진회색 얼룩무늬에 하얀 배와 하얀 얼굴, 초록색 눈을 가진 베이스는 생김새도 가보옥 같았다. 흰 부분은 옥을 깎아놓은 듯 곱디곱고, 입은 벤츠 엠블럼 같은 여느 고양이의 입매와는 달리 만주인 같은 일자 모양이었다. 방학이 끝나자 제일여고 언니들은 다 같이 돈 모아 산, 장난감이 가득 든 상자와 함께 베이스를 멍멍에게 맡겼다.

베이스는 우리 집에서 사람에게 안기려는 유일한 고양이다. 게다가 두 앞발로 고리를 만들어 사람 목 감싸는 걸 좋아하고, 친절하게도 인족의 (머리)털까지 정돈해준다. 사람 털은 고양이 털보다 훨씬 길다 보니 인내심을 갖고 열심히 핥아줄수록 더 흐트러지는 일이 많았지만 말이다.
베이스는 먹성도 좋아서 아주 뚱뚱하다. 중성화 전이든
후든 우리 집 수많은 미묘 누이들에게는 전혀 관심이
없었고, 어떤 고양이 왕을 만나도(대백이든 아빠냥이든
뭉툭이든) 적당히 고개를 처들고 발라당 누워 급소를
드러내며 항복 의사를 보였다. 베이스는 도둑이든 관리든
가리지 않고 받드는 평민으로 살아갈 따름이었다.

영웅도 마찬가지였다. 영웅이 목이 터져라 울부짖었던
것은 엄마에게 버려진 그날 저녁이 유일했다. 우리는 길목
식당 앞에 있던 영웅을 집에 데려왔고, 그 뒤로 영웅은 먹고
마실 것만 있으면 불평하는 일이 없었다. 영웅은 표준형의
검은 고양이인데 이렇게 새까만 고양이의 유전자는 아예
변이가 없다. 하늘 끝이건 바다 끝이건, 그 어떤 머나먼
곳에서 만나도 검은 고양이는 완전히 똑같이 생겼다(몇 년
전, 에게해 미코노스섬의 항구에서 검은 고양이와 아주 오랫동안
눈빛을 나눈 적이 있다. 우리 집에서 아침저녁 늘 함께 지내던 그
검은 고양이가 나를 그리워해 시공간을 뛰어넘어 찾아온 것만
같았다).

우리는 영웅이 영웅의 대업에는 털끝만큼의 관심도
없다는 걸 금세 알아차렸다. 영웅이 품은 평생의 큰 뜻은

검은 손의 노동자가 되는 것이었다. 때마침 온 동네 골목마다 이 집은 담장을 부수고 저 집은 칸막이를 허무는 공사가 끊이지 않았다. 영웅은 날마다, 온종일, 먹고 자는 일마저 잊은 채 건설 노동자들이 일하는 모습을 구경하느라 여념이 없었다. 그 대가로 노동자가 하루 일을 마치고 잠그고 떠난 빈집에 갇혀 몇 번이나 집에 돌아오지 못했고, 한번은 반죽음 상태로 겨우겨우 돌아왔는데 아무래도 페인트 용제통 같은 데 빠졌던 모양이다. 뜨거운 물과 샴푸로 다섯 번을 씻어내고서야 엉겨붙은 털이 풀렸다. 그러나 용제를 적지 않게 삼킨 영웅은 휘발유 냄새가 나는 초록색 액체를 밤새 토한 뒤에야 차츰 회복했다.

불량소녀단

독신남 클럽과는 사뭇 다른 불량소녀단을 만날 가능성도 있다.

아무래도 이는 중성화 시기와 관계가 있는 듯하다. 수의사들은 암고양이의 경우 보통 신체적으로 성숙하기만

불량소녀단 우두머리 토로의 어린 시절.

가보옥을 닮은 어린 베이스.

모든 고양이가 사랑스러운 건 아니다

쪼잔하고 시기심 많은 대백. 그가 끌어안고 자는 고양이는 먹물.

고아 사스의 유모가 되고 만 베이스.

영웅.

검은 고양이는 노동자가 되고픈 영웅이다. 옆은 사스.

모든 고양이가 사랑스러운 건 아니다

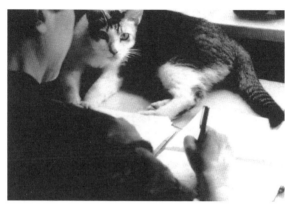

책상에 자리 잡은 베이스.

독신남 클럽의 베이스와 불량소녀단의 사스

아마존 전사 토로.

하다면 중성화를 시켜도 된다고 여기는데, 우리의
경험에 따르면 임신 초기에 낙태 수술과 함께 중성화를
진행해서는 안 된다. 모성 메커니즘이 이미 가동된 데다,
중성화를 한다 해도 이 가장 강력한 삶의 추동력이 해소될
길은 없기 때문이다. 엄마 될 준비를 마친 암고양이가
중성화 수술을 받고 나서 정신착란이나 이상행동을
보이다가 끝내는 종적이 묘연해진 경우를 여러 번 보았다.

　너무 이르거나 너무 늦어도 좋지 않다. 이후 우리는
사춘기가 끝나는 무렵으로 중성화 시기를 정했다. 이에

따르는 대가라면, 그들의 정신 상태가 대체로 그 나이,
중학교 3학년쯤에 멈춰버리는 바람에 소위 불량소녀단이
결성된다는 것이다.

불량소녀단은 원대한 포부 없이 여기저기 얼쩡거리며
나른하게 지내는 독신남 클럽과는 다르다. 불량소녀단은
본래 육아와 사냥에 써야 했을 에너지를 찰떡같이 결합해
자기네 세력권을 조직적으로 순찰하고 방어한다. 자신들의
미모에 대한 소문을 듣고 외부에서 수고양이가 찾아와도
아마존 전사처럼 가차 없이 공격해 쫓아낸다.

때때로 이들은 눈에 거슬리거나 해묵은 감정이 있는
외톨이 고양이(예를 들면 오랫동안 3층에서 혼자 지내는 나리)를
꼼짝 못 하게 만들기도 한다. 방과 후 어느 날, 그들은 갑자기
책가방을 내던지고, 치마를 짧게 올려 접고, 알록달록한
염색 머리를 몇 가닥 꽂고, 담배를 꺼내고, 센 척하는 거친
말투로 이렇게 말한다. "가자, 올라가서 나리를 막는다!"
선생님이 예뻐하고 남학생들에게 인기 많은, 모범생인
척하는 그 애는 정말이지 너무너무 재수 없다.

3층으로 올라갈 때면 토로를 우두머리로 하는
불량소녀단과 늘 마주친다. 그들은 계단에 올망졸망
도사리고 있고, 나는 (지나가야 하는지라) 예의 바르게

인사를 건넨다. "우리 토로토로, 사스스……"

나를 빤히 보던 그들은 자기네끼리 눈빛을 나눈다. 그들이 속으로 코웃음 치는 소리가 들려오는 것만 같다.

"가식적인 나리 엄마!"

……

하아, 모든 고양이가 사랑스럽기만 한 것은 아니다.

절대 아니다.

불량소녀단 멤버들. 냥 펀치를 날리는 쪽이 못난이 한한, 방어하는 쪽은 토로.

다른 나라 고양이

몇 해 전 늦가을이었다. 나는 부모님과 텐원과 함께
에게해의 여러 섬을 여행했다. 작은 섬에 며칠 머무르는
것으로 성에 안 찰 때는 폐허의 잔 기둥만 남아 묵어갈 수
없는 더 작은 섬(이를테면 아폴론과 아르테미스가 태어난
곳이며 그리스 도시국가 시기에 델로스동맹이 맺어진 델로스섬)에
하루 일정으로 다녀오기도 했다. 그때 나는 임신 5개월로
배 속에 멍멍이 있었다. 나는 아주 건강했고 움직임이나
겉모습도 여느 때와 다름없었지만 풍랑 이는 바다에서
배를 타는 것만큼은 겁이 났다. 그래서 다른 사람들이

다른 나라 고양이

바다로 나갈 때면 나는 혼자 섬에 남아 온종일 발길 닿는 대로 어슬렁거렸다.

어느 섬에나 하얀 벽과 하얀 땅과 쪽빛 바다와 쪽빛 하늘과 쪽빛 창틀이 있었다. 그리고 그 속에 그림처럼 박혀 있는 고양이들에게 나는 금세 사로잡히고 말았다. 부두의 잔도에, 돌계단에, 담벼락에, 꽃밭을 둘러친 낮은 담에, 빈터 한구석에…… 자리한 그들은 영원한 풍경의 일부분이었다.

그들은 마치 섬의 주인인 양 여유롭고 태평하게 지냈다. 그렇다. 관광 시즌이 끝나서 그곳 상인 대부분이 겨울 철새처럼 유럽 대륙으로 철수했다가 이듬해에야 돌아올 터였다. 여행객은 거의 보이지 않았고, 섬에 남은 노인들과 바다에 나가지 않은 어민들은 부둣가의 작은 술집 두세 곳으로 모여들었다.

그 고양이들이 집고양이인지 길고양이인지는 모를 일이었다. 하나같이 털이 풍성하고 몸도 튼실해 추위나 굶주림에 시달린 기색이라고는 없었기 때문이다. 몸집이 좀 큰 것 말고는 생김새나 털빛이 내가 나고 자란 곳의 고양이, 대놓고 말하면 우리 집 고양이들과 완전히 똑같았다. 그래서 나는 내가 나그네라는 사실을 잊고 그들과 친구가 되겠다는 망상에 빠졌다.

그들은 사람에게 아무 관심도 없었다. 기껏해야 야옹 하면서 쓱 한번 돌아볼 뿐이었고, 내가 다가가면 기지개를 쭉 켜고는 일어나 가버렸다.

내가 사랑하고 그리워하는 고양이와 똑같이 생긴 초록 눈의 검은 고양이, 그와 나는 오랫동안 서로를 물끄러미 바라보았다. 그의 눈동자 깊은 곳을 들여다보며 나는 확신했다. 신화 속에서 신들이 종종 화신化身하듯, 그도 내가 그리운 나머지 시공간을 초월하여 나를 찾아온 것이라고.

사실 나는 이 섬의 고양이들이 나를 거들떠볼 필요가 없다는 것이, 사람의 비위를 맞추거나 사람과 친하게 지낼 필요가 없다는 것이 좋았다. 또 그들은 반대로 겁먹을 필요도, 까닭 모를 두려움 때문에 목숨을 부지하고자 달아날 필요도 없었다. 앞서 말했듯이 나는 그들이 인족이 주는 먹이로 살아가는지 어떤지는 알지도 못했다. 그저 그들이 살아가는 환경 속에 공교롭게 인족도 같이 있구나, 이렇게 느낄 따름이었다. 인족도 묘족도 저마다의 삶을 살아갈 뿐 서로를 침범하지 않고, 서로가 서로를 해하지 않는다. 그들을 가엾게 여길 필요도 없다. 그냥 한가할 때 슬그머니 훔쳐보며 흐뭇해하면 된다(미동도 없이 망망대해를 바라보는 뒷모습, 제라늄 속에서 단잠에 빠져든 모습을 보면서 그들이 얼마나 부러웠던지!).

모든 것이 너무나 아름답고 이상적이었다. 에덴동산이
이런 모습이라면 내 마음을 단단히 사로잡을 것이다.

물론 이게 쉽지 않다는 사실을 차츰 깨달았지만.

다른 몇몇 나라에서 만났던 묘족도 내 기억에 또렷이
남아 있다. 중부와 서부 유럽의 묘족은 그곳에 사는 인족과
매우 비슷하다. 살이 포동포동 올라 있고 털은 반지르르하며
한가롭고 편안해 보인다. 젊음과 야성이 넘치는 뒷골목
고양이 같은 묘족은 찾아보기 힘들고, 하나같이 인족의
넘치는 사랑과 보살핌을 받으며 집사와 함께 무료하면서도
안락하게 천수를 누린다. 나는 그들에게 쉽게 다가가

촬영 황리루黃麗如.

쓰다듬을 수 있었고, 특히나 수고양이는 열이면 열 즉시
고개를 젖히고 발라당 누워 아무런 경계심도 없이 몸을
긁어달라 했는데…… 야성을 잃어버린 고양이를 만날
때마다 살짝 실망스러운 마음이 들기도 했다.

　(아아, 나처럼 모순적이고 만족할 줄 모르는 인족이 보기에)
좀 더 '괜찮은' 예를 들어보겠다. 언젠가 도쿄 조후調布에
있는 숙소 '도쿄현상소'에서 벚꽃 철 내내 묵은 적이 있다.
사람이 많지 않기를 바라며 우리는 비 오는 날을 골라
근처 진다이식물공원에 갔다. 비가 많이 내린 덕에 공원
안 오솔길 양쪽으로 맑은 개울이 흘렀고, 수면을 뒤덮은
벚꽃 잎 사이로 비 온 뒤의 햇빛이 금싸라기처럼 반짝반짝
빛났다. 우리는 숲속에서 돌 탁자와 돌 의자를 찾아 점심
먹을 자리를 잡았다. 비가 온지라 역시나 관광객은 별로
없었다. 멀찍이 떨어진 곳에 피크닉을 즐기고 뒷정리하는
일행이 있을 뿐이었는데 그쪽 돌 탁자에 큼지막한
고양이가 올라앉아 있었다. 우리가 가방을 열어 젓가락과
종이컵과 도시락을 늘어놓는 모습을 멀리서 본 그는,
우리가 관심을 보이며 부르기도 전에(우리는 그 일행이
데려온 고양이인 줄 알았다) 탁자에서 펄쩍 뛰어내리더니

쉬지 않고 야옹야옹거리며 곧장 다가왔다. 그러고는 우리의 초대를 기다리지도 않고 늘 그랬다는 듯이 돌 탁자 모퉁이로 뛰어올라 네발을 가지런히 모으고 우리를 지켜보았다. 보니까 수컷 들고양이였다. 뜻밖의 호의에 살짝 놀란 우리는 서둘러 그가 먹을 만한 음식을 찾아 바쳤고, 그는 신사답게 음식을 가리지 않고 하나하나 먹어치웠다. 그리고 우리가 '네코🐱 두목님' 하고 부를 때마다 일일이 응답해주었다.

그가 식사를 마치길 기다리느라 점심이 아주 길어졌다. 이윽고 우리가 뒷정리를 시작하려 한다는 걸 알아차린 그는 제때 일어나 고양이의 예를 표하고는 한마디 했다. "그럼 이만." 그러고는 돌아서서 유유히 자리를 떴다.

짐작건대 그는 인족과 접촉할 때마다 이처럼 친절하고 평등한 만남을 경험했으리라. 그렇기에 인족의 밀도가 이처럼 높은 공간에서 빠듯하게 살아가는 와중에도 집고양이가 되지 않고 자신만의 자리를 지키며 들고양이로 지낼 수 있는 거겠지.

이런 식으로 살아가는 묘족을 이전에도 이후에도 적지

🐱 일본어로 고양이라는 뜻.

않게 보았다. 고베 기타노 외국인 거리의 언덕에서 공원을
지나 영국관으로 통하는 폐허의 오솔길에는 하얀 고양이
일가족 십여 마리가 살고 있다. 고양이 수가 통제되고
있는지 언제 봐도 큰 변동이 없다. 어느 해에는 그들이
출몰하는 곳에 공고문이 붙었는데, 인근 주민이 규칙적으로
밥을 주고 있으니 여행객은 함부로 먹이를 주지 말라는
내용이었다. 또 교토에서는 『교토 고양이 마을^{京都貓町さがし}』에
나온 대로 따라가보면서 책에서 본 고양이들을 확인하기도
했다.

　　『교토 고양이 마을』의 저자 가이 후사요시는 1960년대

도쿄 가마쿠라의 에노시마에는 들고양이가 아주 많이 산다.

다른 나라 고양이

학생운동 분위기 속에서 도시샤대학에서 제적당했고
1978년, 학교에서 멀지 않은 곳에 여전히 히피풍이 충만한
작은 카페 '호라'를 열었다(그곳에서 나는 마리화나 냄새를
맡았다. 맹세한다!). 『교토 고양이 마을』은 그 무렵부터
2000년까지 그가 곳곳에서 찍은 길고양이 사진을
모아놓은 책이다. 최근 몇 년간 부지런히(일 년에 적어도
한 번, 많게는 서너 번씩) 교토에 가다 보니 나도 가이씨처럼
고양이를 알아보고 고양이들 또한 나를 알아보게 됐다.
'철학의 길' 냐쿠오지 신사 근처에 사는 가장 유명한 고양이
가족을 비롯해 오타니조묘 참도의 고양이 무리, 가와라마치
부근 재무국 담장을 행진하는 고양이들, 부립식물원에서 늘
임신한 상태로 지내는 삼색이 엄마냥, 가모강을 가로지르는
여러 다리 아래서 노숙인과 같이 먹고 자는 고양이들……
중요한 것은 인족이 모든 자원을 독점하고 우위에 선
환경에서도 그들이 여전히 자신들의 생존 공간을 갖고
있다는 사실이다.

 이게 어려운 일일까?

 처음에는 정말 어렵지 않은 줄 알았다. 모든 것을
독점하고 지배자로 군림한 인족이 묘족에게 밥 한 술,
물 한 모금, 살길 하나쯤 남겨주는 것, 누군가를 방해하지

않고 누군가를 혐오하지 않는 것, 이게 그리 힘들단
말인가? 타이완의 반려동물 용품점 '애묘원愛貓園'에 한번
가볼까나. 언제나 손님이 바글바글하다. 구비된 상품도
얼마나 다양하고 풍부한지 인족 유아 용품점에 뒤지지
않으며, 고양이 우리에서 팔리길 기다리는 귀여운(불쌍한?)
묘족의 몸값은 1만 위안 이하로 떨어지지 않는다.
애묘원은 그냥 보통 수준의 펫 숍인데도 말이다. 이런데도
고양이에게 잘해주지 않는다고 할 수 있나? 이 나라
사람들이?

　　나는 당연히 인족 아기의 대용으로 여겨지는 애완고양이,
개, 물고기, 새, 카멜레온……을 말하는 게 아니다. 누가
이 땅에 먼저 살고 나중에 살았는지는 몰라도, 지금도
여전히 인족과 한 지붕 아래 살지 않거나 살기를 원치
않는 길고양이와 들고양이를 말하는 거다. 나는 그들을
우연히 만나기란(그들의 숫자가 제법 많은데도), 더 나아가
그들과 접촉하기란 대단히 어렵다는 사실을 알게 됐다.
타이완에서, 그들은 보통 나를 보자마자 돌아서서 냅다
달아난다. 내 목소리와 몸짓이 아무리 상냥하고 온화해도,
조금도 위협적이지 않아도 말이다.

대체 무엇 때문에 그들은 그토록 사람을 경계하며 죽어라 달아나는 걸까? 무엇 때문에 그들은 에게해 작은 섬의 고양이들처럼 우리를 쓱 보고는 기지개를 켜고 계속 단잠을 잘 수 없는 걸까? 어째서 또 다른 섬나라의 고양이처럼 우리와 같은 밥상에서 같이 밥을 먹을 수 없는 걸까? 그러나 차츰, 그들의 그런 반응이 당연할뿐더러 꼭 필요하다고 여기게 되었다. 내가 만약 이 섬나라의 묘족이라면 나 역시 그럴 테니까. 길에서 대여섯 살 아이를 잡아끌고 발을 쾅쾅 구르며 호통치는 부모를 한두 번 봤어야지 말이다. 정말 어쩌다 한두 명 호기심에 이끌려 고양이에게 다가가는 아이가 있지만, 그는 어김없이 부모에게 큰 소리로 제지당한다. "더러워 죽겠네, 얼른 떨어지지 못해!" 좀 더 큰 아이는 담벼락에 있는 고양이에게 돌을 던지고, 어른은 무언가를 발사하고, 노점상 주인은 끓는 물을 뿌리고, 어떤 사람(학교 선생님)은 아예 학생들 눈앞에서 아기 들고양이를 4층에서 던져버린다. 멋들어진 고급 주택은 마당에 추한 울타리를 촘촘히 두르고 그 위에 철조망까지 쳐가며 묘족이 다니지 못하게 막는다. 모퉁이에 감춰놓고 날마다 갈아주는 깨끗한 물그릇은(그러니 뎅기열을 옮기는 모기는 있을 수 없는데도)

다른 나라 고양이

매번 악의를 품은 누군가에 의해 뒤집히거나 짓밟혀 있다. 또 어떤 이는 그저 15층 발코니에서 풍경을 감상하다가 강둑 풀밭의 들고양이가 눈에 띄면 '구역질이 올라오기 때문에' 매일같이 환경보호국을 닦달한다. 고양이를 잡아가라고, 모조리 없애버리라고 말이다.

예외는 없을까(묘족의 살길을 묵묵히 남겨주는 몇몇 인족 냥 천사 말고)? 있다. 나는 동남아에서 온 이주 노동자들이 국물과 남은 음식을 갖고 나와 고양이에게 주는 모습을 숱하게 보았다. 왜일까? 인도네시아나 필리핀에서는 고양이를 상서로운 동물로 여긴다지만, 내가 보기에 그 이유만 있는 건 아니다. 짐작건대 그들은 묘족의 상황에 깊이 공감하는 듯하다. 이곳에서 그들은 그저 생명이 없는 저렴한 노동력으로 간주된다. 노인, 장애인, 교육과 취업에서 차별받는 선주민🐱, 투표권 없는 이민자, 길고양이와 떠돌이 개…… 생산성이 낮거나 없는 이들 존재와 마찬가지로, 상황에 따라 쓰임새가 다하면

🐱 타이완 인구는 처음부터 타이완섬에서 살아온 선주민이 2퍼센트, 명·청대에 중국 대륙에서 이주해온 본성인이 84퍼센트, 근현대에 국민당 정부를 따라온 외성인이 14퍼센트가량을 차지하며, 본성인과 외성인은 대부분 한족漢族이다.

쓰레기처럼 폐기될지도 모르는 존재로.

정화淨化? 이 민감한 단어가 나도 모르게 떠오른다.

내가 너무 비관적이며 너무 과장하는 걸까?

얼마 전, 우리의 행정원장은 공개 석상에서 한족에게 이런 말을 했다. "많이 낳아 키워야죠."

우리의 교육부 차관은 외국인 아내들에게 이렇게 강권했다. "조금만 낳으란 말이오."

우리의 부총통은 아무런 연구나 토론도 없는 이민 정책을 펼치며 선주민에게 말했다. "중남미로 가지 그래요."

……

인족에게도 이런 태도를 보이는데, 이토록 공공연히 통치자의 이익과 선호에 부합하는 사람만 골라 유권자로 삼으려 하는데, 하물며 '내 종족이 아닌' 이들의 사정을 봐줄 리가? 언제부터인가 나는 다른 나라를 여행하며 관찰할 때 참고삼는 각종 지표에 나 자신도 모르게 묘족 지표를 하나 추가했다. 그 나라에 사는 묘족의 반응을 보고 그 나라 사람들이 '나와 다른 종족'을 어떻게 대하는지 가늠해보는 것이다.

이렇게 볼 때 우리가 사는 이 나라보다 더 형편없는 곳이 있을까? 이를테면 이웃 나라 남방의 한 성은 일 년에 수만 묘족을 삶아 먹는 것으로 유명하다. 그런데 나는 그 나라의 다른 지방에도 가보았다. 상하이 샹양쇼핑몰 뒤쪽에 있는 전통 시장의 잡곡을 파는 조그만 가게 앞에 품종묘가 아닌 못생긴 고양이 한 마리가 웅크리고 있었다. 나는 사람들 틈에서 그를 불러보았다. 달아날 생각이 없어 보이기에 손 내밀어 그의 턱밑과 목덜미를 긁어주었다. 눈을 가늘게 뜬 채 내 손길을 즐긴 그는 기지개를 쭉 켜더니 이집트 무덤을 지키는 문지기처럼 곧추앉았다. 또 어떤 날에는 뒷골목을 걷다가 고물상 오토바이 짐칸에 한가로이 앉아 있는 덩치 큰 줄무늬 치즈냥을 보았다. 오토바이 주인인 인족은 길가에서 짐을 정리하고 있었고, 나는 그 틈을 타서 그(고양이)와 금세 친해졌다. 이런 기분이 들었다. 우리 머글, 집에 돌아오지 않더니 어떻게 바다 건너 여기까지 왔니.

여느 때처럼 어슬렁거리다가 또다시 메이란팡梅蘭芳 🐱 의 옛집에 이르렀다. 지난번 왔을 때와 마찬가지로 여러

🐱 중국 경극 배우로, 영화 『패왕별희』에서 장국영이 연기한 '두지'의 모델 이다. 천재적인 연기력과 빼어난 외모로 엄청난 인기를 누렸다.

가족이 공간을 나누어 살고 있었다. 부엌에서 상하이
요리 특유의 단간장 냄새가 흘러나와 콧속에 달라붙었고,
저쪽 2층 창문에서 뻗어나온 대나무 장대에는 길벗들이
'메이란팡의 팬티'라 일컫는 속옷이 널려 있었다. 나야
변함없이 맞은편 대저택에 사는 고양이 보러 가는 일이
더 흥미로웠다. 고양이 가족은 작년보다 늘지도 줄지도
않은 듯했다. 나는 그들과 한바탕 교섭을 벌였고, 그들은
저마다의 성격과 본능에 따라 사람을 상대해주기도 하고
무시하고 냉정하게 자리를 뜨기도 했다.

나 같은 사람이 꽤 있었다. 그곳에 머무는 삼십 분 동안
나는 저택 입구에 서서 웃는 얼굴로 도란도란 이야기를
나누며 고양이를 지켜보다 가는 사람을 여럿 보았다.
어른도 있고 아이도 있었으며, 상하이 말을 하는 걸 보니
현지 주민 같았다. 고양이 사료를 챙겨온 이도 있었다.

이 모든 것이 내 마음에 깊숙이 와닿았다.

내 이성이 단일 지표만으로 한 나라를 판단해선
안 된다고(경제, 민주, 인권, 문화…… 당연히 고양이도)
나 스스로를 일깨운 적이 한두 번이 아니다. 그렇지만,
그렇지만, 나와 다른 종족에게는 밥 한 술도, 물 한 모금도
주려 하지 않고 살길 하나도 남겨두려 하지 않는 나라에서,

그 속에서 인족으로 살아가는 것이 대체 뭐가 즐겁단 말인가? 뭐가 빛난단 말인가? 뭐가 대단하단 말인가?

신하이 고양이

「모든 고양이가 사랑스러운 건 아니다」에서 '야성적인 고양이'에 관해서도 썼더랬다. 야성적인 고양이란 인족과 한 지붕 아래 살 수 없거나 살고 싶어하지 않는 묘족을 가리키는데, 그중 한 사례로 '신하이 고양이'를 간략히 언급한 바 있다.

'신하이 고양이'란 사실 한 무리의 고양이다. 내가 글을 쓰는 중에도 끊임없이 증식하고 번성하고 변화하고 소멸하는…… 매우 전형적인 도시의 길고양이. 공교롭게 그들의 생멸을 목도한 나는 내게 그들이 이 세상에 확실히

왔다 갔음을 증명할 책임이 있다고 생각한다.

2년 전 어느 날 밤, 우리는 신하이초등학교 운동장에서
달리기도 하고 농구 골대에 슛도 날리고 있었다. 그때
밤바람을 타고 너무나도 아득한 소리가, 우리를 극도로
예민하게 만드는(나는 어미 고양이처럼 즉시 귀를 쫑긋 세우고
사방을 유심히 살폈다) 젖먹이 아가냥의 미약한 울음소리가
들려왔다. 열심히 소리를 쫓아다니는데, 조금 있으니
그 소리가 담장 밖 완메이 거리에서 들려오는 듯했다.
그래서 담을 넘어갔더니 이번에는 교정 안 정수지
일대에서 냐냐 소리가 또렷이 흘러나왔다…… 바람 속에서
숨 돌릴 틈도 없이 탐색전을 벌이던 우리는 바람도 깃발도
그리고 마음까지도 움직임을 멈추고 나서야 🐱 차분히
소리를 감지할 수 있었고, 아기고양이가 길 건너편 자동차
정비소에 있는 것이 틀림없다는 최종 판단을 내렸다.

정비소로 가 보니 직원 네다섯 명이 빈터에서 고기를
굽고 있었다. 그들은 자신들은 고양이를 기르지 않으며,

🐱 불교 선종 입문서 『무문관』에 나오는 '비풍비번非風非幡'을 인용한 말.
펄럭이는 깃발을 보고 두 스님이 바람이 움직였느니 깃발이 움직였느니 다
투자, 육조대사 혜능이 이렇게 말했다고 한다. "바람이 움직인 것도, 깃발이
움직인 것도 아니며 그대들의 마음이 움직인 것이다."

어미건 새끼건 고양이라고는 본 적도 없다고 했다. 우리는
전화번호를 남기며 어떤 아기고양이든 발견하게 되면
버리거나 처리하지(죽이지) 말아달라고, 우리가 찾으러
오겠다고 했다.

그러면서 우리도 자체적으로 대책을 마련했다. 가장
비효율적이지만 결국은 반드시 효과를 보고 마는 방법으로,
정해진 시간에 신하이초등학교 담장 기둥 사이에 마실
물과 고양이 간식을 놓는 것이었다.

이튿날 가서 보니 물도 식량도 깡그리 사라져 있었다.
그렇다고 좋은 쪽으로만 생각할 수는 없었다. 경험상
들개나 짓궂은 꼬마, 심심한 행인이 그렇게 만든 걸 수도
있었으니까.

일주일 뒤, 고양이가 모습을 드러냈다. 젖먹이를
키우는(젖이 부풀어 있었다) 엄마냥이었다. 우리가
그리워하는 길고양이 '엄마냥'과 구별하고자 우리는 그를
'아마'라고 부르기로 했다.

아마는 우리 집에서 가장 못생긴 고양이 한한을 닮았다.
하얀 바탕에 어지러이 찍힌 잿빛 무늬가 얼굴까지 마구
뻗쳐 인상이 험악했다.

밥을 주고 곁에서 기다리면서 우리는 부드러운 목소리로

'아마' 하고 끊임없이 불렀다. 얼른 친해져서 다음 발정이 오기 전에 중성화시킬 수 있기를 바라며.

아마의 초췌한 얼굴, 커다래진 동공, 절대 풀리지 않는 표정으로 보건대 그동안 아마가 인족과 접촉한 경험이 어땠을지 알 만했다. 그 경험이 아마에게 알려주고 있었다. 이러는 게 가장 안전하다고.

어느 날 드디어, 우리는 아마 곁에 들러붙은 작은 그림자 두 개를 보게 됐다. 밥을 준비하고 물을 갈아주느라 바쁜 척하며 힐끔힐끔 살펴보니 한 마리는 우리 집 베이스처럼 생겼고 또 한 마리는 전형적인 잿빛 줄무늬 고양이였다. 우리는 그들을 소베이스, 소리리라고 부르기로 했다.

두 형제는 감정을 억누르지 못한 채 밥을 달라고 신나게 야옹거렸고, 꼬리는 작은 깃대처럼 꼿꼿이 세우고 있었다. 그때였다. 줄곧 아무런 표정도 없던 아마가 자식들과 나 사이로 뛰어들더니 하악질을 하면서 나에게 발톱을 휘두르는 게 아닌가. 그러면서 틈틈이 뒤돌아 자식들의 따귀를 때렸다. 아마가 이토록 과격한 반응을 보이다니, 나는 깜짝 놀랐다. 아무튼 우리는 아마가 지켜보는 가운데 한 달 가까이 밥과 물을 놓아주지 않았던가. 웬만한 길고양이와는 친분이 쌓여 쓰다듬을 만큼 가까워지고도

남을 시간이었다. 하지만 나는 괜스레 눈시울이
뜨거워졌다. 나는 아마를 물끄러미 바라보며 말했다.
"옳지, 아마는 정말 훌륭한 엄마야."

　이 훌륭한 엄마는 본능을 거슬러 때가 이르렀는데도
보금자리를 버리지 않았고(자식들에게 독립을 강요하지
않았고), 발정하지도 않았다. 어느덧 자식들이 엄마보다
몸집이 커졌지만 셋은 헤어지지 않고 전과 같이 모여
살았다. 맑고 선선한 밤이면 밥을 배불리 먹은 삼모자는
교정 한구석에 있는 작은 아치형 다리에 앉아 더위를
식히곤 했다. 어린 고양이들은 작은 연못에 뛰어들어
개구리를 잡거나 돌무더기를 질주하며 잡기 놀이를 했고,
때로는 삼모자가 다 같이 트랙 옆 풀밭에서 메뚜기를
덮치기도 했다. 종이 인형처럼 미동도 없이 트랙을 도는
인족을 지켜보기도 하면서⋯⋯

　그럴 때면 그 모습이 바로 속세에서 누릴 수 있는 최고의
행복처럼 느껴졌다. 그래서 이보다 더 행복할 수는 없다고
여겨온 우리 집 묘족도 아마 삼모자처럼 살게끔 풀어주고
싶어졌다. 나는 정말 진지하게 고민하고 갈등했다. 그러나
태풍이 휘몰아치거나 뇌우가 쏟아지는 여름날 밤은 상황이
달랐다. 우리는 신용을 지키고자 정해진 시간에 밥을 주러

갔지만, 운동장 어디를 봐도 비바람을 피하거나 밥을
놔둘 만한 마른 곳이 없었으며, 삼모자도 어디에 숨어
있는지 알 길이 없었다. 억수같이 퍼붓는 비에 우리는
우산을 쓰고도 온몸이 흠뻑 젖었고, 그들이 너무나도
걱정스러웠다. 그러면서 나는 이 순간을 단단히 기억하라고
스스로에게 일렀다. 풀어주겠다는 생각일랑 집어치워. 우리
집 고양이들이야말로 근심 걱정 없이 진정 행복하게 살고
있다고.

아마는 한참 늦게, 일 년이 지나서야 발정했다. 밥 자리에
이 근방 어느 집 고양이인지 알 수 없는 커다란 수고양이가
나타났기 때문이다. 수고양이는 스스럼없이 아마와
같이 밥을 먹고 같이 다니며 같이 쉬었다. 자연법칙에
따라(수고양이는 수사자처럼 자신의 후손이 아닌 새끼를 해치기
때문에 어미는 키우던 새끼와 정식으로 헤어지게 된다) 두 형제는
종적을 감췄다. 이제 자식들을 지키고 꾸짖을 필요가
없어진 아마는 밥 주는 나를 가만히 지켜보았다. 내가
물었다. "아마, 소베이스랑 소리리는?" 한 달 가까이 그들을
못 본 상태였다. 나는 너무나 슬프고 후회스러웠다. 이제
그들을 거두기란 불가능해졌기 때문이다. 우리는 아마
삼모자에게 일 년 넘게 밥을 주었다. 엄마 말을 잘 따르는

두 형제는 줄곧 쉿쉿거리며 우리를 경계했지만, 그들이
몸짓으로 하는 또 다른 말에서는 우리를 향한 애정과
환대가 고스란히 드러났다. 나는 일 년간 그들을 너무
잘 먹인 것을, 하루도 굶기지 않은 것을 후회했다. 갑작스레
독립을 강요당한 형제가 사냥해서 먹이를 구하는 법을
알고나 있을까.

아마는 배가 커졌다가 도로 꺼졌다. 젖이 부푼 모습을
보지 못했으니 새끼를 키우지는 않는 게 분명한데,
그렇다면 아가냥들은 어디로 간 걸까?

가능한 상황은 별로 없었다. 난산으로 새끼가 요절했거나,
아마가 새끼를 잡아먹었거나. 뒤엣것은 내가 어린 시절
겪은 일로 여태껏 똑똑히 기억한다. 어미 고양이가 내 침대
밑에 보금자리를 마련해 새끼들을 키웠는데, 나는 아버지가
못하게 하는데도 듣지 않고 하루에도 몇 번씩 고양이들을
열심히 들여다보았다. 그러자 안전하지 않다고 느낀 어미가
새끼들을 결국 모조리 잡아먹고 말았다. 보금자리에 남아
있던, 연약하고 섬세하며 피비린내 하나 없던 작은 귀와
발톱 들이 지금도 생생히 떠오른다. 어미는 아무 일 없다는
듯 한쪽에서 느긋하게 털을 고르고 고양이 세수를 했다.

그 무렵 나는 전철을 타고 신하이초등학교 담장 밖을

지날 때마다 잊지 않고 있는 힘껏 숨을 들이마셨다. 그때 공기 중에 흘러넘치던 냄새는 가로수인 흑판수가 남몰래 피운 초록빛 꽃의 아련하고 황홀한 향기였다. 무엇보다, 뜨거운 태양에 달궈진 공기에서는 어떤 죽음의 숨결(시체 냄새)도 느껴지지 않았다.

어린 고양이들이 자취를 감췄고, 아마는 새끼를 가졌었는데.

이 문제는 내가 너무너무 알아내고픈 우주의 크나큰 비밀이기도 하다. 나는 고양이 말을 이해하고 대부분의 상황에서 소통이 된다고 여기지만, 이것만큼은 도무지 모르겠다. 암고양이는 이 문제에 관한 지식이나 결정권을 갖고 있을까? 그렇다면 그들은 출산과 양육의 고통을 피하고자 기꺼이 중성화를 선택할까? 아니면 실은 출산과 양육이 그들 삶의 가장 큰 의의와 동력인 걸까? 그들과 진솔한 대화를 나눈 다음 올바르게 행동할 수 있는 능력이 있다면 얼마나 좋을까. 도시에서 살아가는 내 주변 길고양이들이 혹독한 환경에서 새끼를 낳아 기르는 처참한 상황을 매번 보는 탓에(차에 치이지 않고, 인족에게 학대당하지 않고, 생명 없는 쓰레기로 처리되지 않고, 견족에게 물려 죽지 않은…… 운 좋은 새끼 고양이라 해도, 병약하거나 굶주리지 않은 모습은 보질 못했다), 나는 기회만 생기면 그들을 데려가 중성화시키기로 단호하게 마음먹었다. 하지만 그와 동시에, 일찍이 활력이 넘치던 야성적인 암고양이가 중성화 이후 긴긴 나날을 허전하고 무료하게 견디는 모습을 볼 때마다 깊은 후회가 밀려들었으니…… 도대체, 도대체 어찌해야 좋단 말인가?

새끼 고양이들은 어디로 갔고?

아마는 인족이 보기엔 참 못생겼지만 묘족으로서는 자기만의 특별한 매력을 가진 것이 틀림없었다. 소베이스와 소리리를 지독히 엄격하게 가르치던 모습만 봐도 알 수 있었다. 둘은 엄마와 떨어지려 하지 않았고, 그 수고양이조차 일부일처제를 지켰다. 아마가 발정하지 않을 때에도 수고양이는 날마다 아마를 찾아왔고, 부부는 어깨를 나란히 한 채 버드나무 그늘이 드리워진 작은 다리 위에 웅크리고 있었다(나는 탕누어에게 "아마 매력이 대단한가 봐" 하고 말하기도 했다). 하지만 이 때문에 우리는 은근히 애가 탔다. 수고양이가 떠나지 않으면 두 형제는 돌아올 수 없었다. 그들이 아직 운동장 주위에 숨어 있기를. 이 희미한 희망을 우리는 줄곧 마음속에 품고 있었다.

나는 수고양이를 쫓아내려 시도했고, 동시에 이런 걱정이

들었다. 내가 지나치게 개입하는 건 아닐까? 나도 모르게 감정이 북받쳐 이 작고 폐쇄적인 세상에서 조물주 행세를 하려 드는 건 아닐까?

아니, 아니, 아니다. 조물주는 왕왕 강자를 돕고 약자를 희롱하지 않나. 나는 그런 게 아니다. 그리하여 나는 마음을 편히 갖고 수고양이를 몰아냈다. 그의 반지르르한 털을 보건대 돌아갈 인족의 집이 있으리라 믿으며.

비 내리는 어느 가을밤이었다. 인족의 발길이 끊긴 학교 운동장, 멀리서 농구장을 가로질러 나를 맞으러 오는 세 마리 고양이의 그림자가 보였다. 목청을 돋우어 쉬지 않고 야옹거리는 그 소리는…… 소리리와 소베이스의 것이 틀림없었다. 그 순간 내 기쁨을 그 어떤 말로 설명할 수 있으랴. 나는 마음을 가라앉히고 밥 자리로 가면서, 내 발치를 맴도는 두 형제에게 우렁차게 대답했다. "당연히 너희 밥이지, 내가 너희 말고 누굴 주겠니." 아마는 허겁지겁 먹는 대신 나를 뚫어져라 응시하고 있었다. 탄복한 나는 아마에게 소리쳤다. "진짜 너무 장하다, 다들 잘 지내고 있었어……"

연말에는 이렇다 할 좋은 소식도 좋은 일도 없었다. 매일 밤 고양이 삼모자가 우리를 맞으러 나오고, 셋이서 머리를

황두(왼쪽)와 감귤(오른쪽). 둘 다 엄마 잃은 고양이다.

맞대고 밥 먹는 모습을 보는 것이 썰렁하고 재미없는
삶의 가장 큰 위안이었다. 아마는 이번에도 역시나 경계를
늦추지 않았지만 말이다. 한번은 도저히 못 참고 손을 뻗어
소리리를 쓰다듬으려 했다가 아마가 내민 발톱에 호되게
당하고 말았다.

봄이 되자 사랑에 빠진 수고양이가 또다시 나타났다.
밥을 줄 때 두 형제는 당연히 자취를 감췄지만, 이번에는
틀림없이 근처에 있다는 사실을 알고 있었다. 나는 그들이
예전에 출몰한 적 있는 운동장 반대쪽 으슥한 곳에 따로

신하이 고양이

밥 자리를 마련했다. 내 생각을 찰떡같이 이해한 둘은
한두 번 만에 새로운 자리에서 제시간에 나를 기다릴 줄
알게 됐다.

아마의 배가 또 한 번 부풀었다 납작해졌고, 수고양이는
여전히 아마 곁을 맴돌며 떠날 줄을 모르고, 목화꽃이
피어났다 떨어지고, 이어서 금련화 덩굴에 폭포수 같은
노란 꽃송이가 주렁주렁 달리고(그 광경을 볼 때마다
「금련화」라는 글을 쓴 옛 친구가 떠오른다), 공기 중에는 여름
뇌우에 꺾인 식물의 싱싱하고 강렬한 향기가 가득할 뿐
죽음의 기운은 느껴지지 않았다. 나는 더 이상 아기들이
어디로 간 거냐고 아마에게 묻지 않았다. 이미 익숙해진
일이었고, 밤에 밥을 주는 경로가 복잡해진 것도 번거롭지
않았다. 이쪽 담장의 기둥 틈새는 아마와 수고양이의
자리, 저쪽 정자 의자 밑은 소베이스의 자리, 지하 주차장
배기구 앞 홍콩야자 덤불 속은 수줍음 많은 소리리의 전용
자리……

나는 이런 나날이 계속될 줄 알았다.

초여름 밤이었다. 아마가 소베이스의 밥 자리인
정자에 모습을 드러냈다. 마치 시간이 되돌아간 것처럼
익숙하면서도 낯선 화면이 펼쳐졌으니…… 누워 있는 아마

곁에 지난날의 소리리와 소베이스가 찰싹 포개져 있었고,
잘못 본 것이 아니라면 조그만 삼색이도 한 마리 있었다.
내가 다가가자 세 아가냥은 모래밭의 게처럼 눈 깜짝할
새에 돌 틈으로 사라졌다. 움직임이 어찌나 조심스럽고도
재빠른지, 딱 봐도 아마에게 교육을 제대로 받은
모습이었다. 밥과 물을 갈아주느라 바쁜 척하면서 속으로
감탄하다가 나도 모르게 아마를 칭찬하는 말이 새어나왔다.
"아마, 너는 정말로 대단한 고양이야. 소리 소문도 없이
아가들을 이렇게 클 때까지 키우다니……"

정말 아무런 기척도 없었다. 지난 몇 달 동안 나는
아가냥들이 배고프거나 겁먹어서, 아니면 엄마를 찾아서
우는 소리를 전혀 듣지 못했다.

이때부터 밥 자리 경로는 한층 더 복잡해졌다. 아담한
교정에 밥 자리 대여섯 곳이 총총히 흩어져 있는 모습이란,
내 눈에는 아름답기 그지없는 보물 지도였다.

역시나 이런 나날도 계속될 줄 알았다.

처음에는 이틀 연속 아가냥들의 행방이 묘연했고,
그다음에는 소리리와 소베이스가 보이지 않았다.
이따금 있는 일이었다. 고양이들은 날이 너무 더우면
어딘가 은신처에서 깊은 잠에 빠졌다가 밤이 되어 좀

선선해지고서야 먹을 것을 찾아 나오기도 했다. 그런데 이번에는 달랐다. 너무 오래 나타나지 않았다. 나는 현실을 직시해야 했다.

교정에 야간 조명이 없는 탓에 나무 틈새로 비쳐드는 희미한 가로등 불빛에 의지해 그들을 찾아야 했지만 상관없었다. 내 눈은 일찌감치 야행성 동물의 밝은 눈처럼 훈련되어 있었으니. 나는 연못가에 돋은 월도月桃 잎을 엎드린 고양이로 오해한 적도, 풀밭을 스치며 질주하는 구름 그림자를 쏜살같이 달아나는 고양이로 여긴 적도, 담장 끝에 걸린 뾰족한 단풍 잎새를 바람 속에 쫑긋 세운 고양이 귀로 여긴 적도 없었다. 달빛 아래 서 있는 석조물을 아마의 전 남친인 하얀 수고양이로 여긴 적은 더더욱……

게다가 나는 신비에 가까운 후각과 청각을 연마했다. 나는 연못가 돌무더기 속에서 바람에 말라붙은 청개구리의 시체 냄새도, 멀지 않은 무자 전철역에서 공중을 가로지르는 빛나는 용이 오 분마다 일으키는 기류에 담긴 온갖 소식도, 배불리 먹은 고양이들이 달빛 아래서 한가로이 코 고는 소리도 감지할 수 있었다. 그리고…… 그들의 부재도.

나는 그들의 부재를 확신했다. 밥 자리 여러 곳에서 먹지 않은 고양이 밥이 땅에 흩뿌려져 있거나 연못에 던져져

붙어 있었다. 사람이 악의로 행한 짓이었다(들개 소행이라면 이런 모습이었을 리 없다).

남은 이는 아마뿐.

나는 맨 처음 밥을 줬던 자리로 돌아갔다. 다른 고양이는 없었다. 경계를 풀고 가만히 나를 바라보는 아마에게 내가 물었다. "무슨 일이 생긴 거야?"

어둠이 짙게 깔린 교정. 농구 코트에서 경기하는 사람들의 열띤 소리가, 놀이터에서 아이들의 시끌벅적한 소리가 넘쳐흘렀지만…… 나는 죽은 듯한 적막에 휩싸여 있었다.

아마가 네발을 가지런히 모으고 앉았다. 나도 털썩 무릎을 꿇었다. "……우리가 그렇게 힘들여 키운 아가들이……"

인족의 세상에서 자주 일어나는 험악한 일은 내 희망과 의지를 조금도 꺾지 못하건만, 이 순간 나는 어찌하여 아주 작은 힘조차 쓸 수 없단 말인가. 그저 그 자리에서 늑대가 되고플 뿐, 하늘을 향해 분노를 토하고 흘릴 수 없는 눈물을 내뿜고 싶을 뿐이었다.

몸을 일으킨 아마가 묵묵히 밥을 먹었다. 나는 아마의 뒷모습을 바라보며 말했다. "내가 복수해줄게."

고양이들이 한꺼번에 차에 치였을 리는 없기에,
우연히 들이닥친 떠돌이 개에게 단숨에 멸족당했을 리는
없기에…… 역시 인족뿐이었다. 교정에 있는 이들은
선생님과 학생들이었고, 담장 밖을 오가는 이들은 대부분
산비탈에서 멀지 않은, 주님을 믿는 '영량산장靈糧山莊'의
주민과 신도들이었다. 이론상으로는 모두 묘족을 없애버릴
리가 없는 선량한 사람들이다.

그러나 나는 완서우萬壽 다리 끝단에 있는 고급 아파트
단지에 사는 '선량한 사람들'도 안다. 내 냥 천사 친구
한 명이 그 단지의 세입자다. 아파트의 개방 공간과
징메이景美 강둑을 경계 짓는 풀밭과 텃밭에도 신하이
고양이 같은 고양이 가족이 산다.

냥 천사 친구는 이미 고양이 여섯 마리를 줄줄이 입양해
더는 키울 수 없는 처지였다. 그래서 들고양이 가족에게
밥을 주고 보살핌을 제공하면서 모두를 중성화시키는 데
성공했고, 아기고양이는 온라인으로 홍보해 입양을
보냈는데…… 그런데도 여전히 고양이를 잡아가라고
시도 때도 없이 환경보호국을 들볶는 주민이 있었다. 지하
주차장으로만 드나들기 때문에 개방 공간으로는 다니지도
않는 주민이 말했다. 고양이는 전염병이 있는데(친구는

모두 예방접종을 시켰다고 했다), 더러운데(친구는 안 보이는 풀숲에서 밥을 주고 물도 날마다 갈아준다고 했다), 새끼를 잔뜩 칠 텐데(친구는 모두 중성화시켰다고 했다). "들개 몇 마리를 중성화시킨다고 그들을 지역사회에 풀어놓을 순 없지 않나요." 이 끈덕진 부인이 말했다. "아무튼 15층 베란다에서 경치를 내다볼 때 그것들이 보이면 얼마나 구역질이 나는지 알기나 해요!"

아마, 내가 복수해줄게.

신하이 고양이 가운데 유일하게 우리에게 온 신신.

밥이 아닌
사랑을 원하는
고양이

밥이 아닌 사랑만을 원하는 고양이 신신.

도시에서 떠돌이 개와 길고양이에게 꾸준히 밥을 주면서
가장 힘든 점이 뭘까. 다른 인족이 별다른 이유도 없이
그들을 배척하는 것, 심지어 잔혹하게 학대하고 죽이는
것을 빼면—사실 가장 흔히 일어나는 일은 바로 그들에게
감정이 생겨버리는 것이다.

　내가 아는 냥 천사들, 날씨가 맑건 궂건 한결같은
마음으로 이런 일을 하는 이들은 그저 밥만 챙겨 주는 것이
아니다. 거기에서 더 나아가 예방접종을 하고 중성화를
시켜주면 가장 좋고, 입양 보낼 수 없는 고양이라면

다시 제자리에 풀어놓는다…… 는 생각까지 품고 있다.
따라서 물과 밥을 놓고 가는 것 이상으로 묘족과 반드시
가까워져야만 한다.

앞서 「다른 나라 고양이」에서 언급했듯이, 타이완의
떠돌이 개와 길고양이는 대개 인족에게 몹쓸 일을 당한
경험이 많다. 그들에게는 온갖 상처가 있다. 몸에도(차에
치이고, 뜨거운 물에 데고, 철사나 고무줄로 목이 졸리고, 비비탄에
맞고, 오랫동안 굶주리고……) 마음에도 상처가 남아 날마다
밥을 주는 인족에게도 경계심과 의구심이 가득하다.
한 발짝 다가가 손도 못 내밀게 하는 통에 중성화를 시켜야
하는 입장에서는 임무를 완수하기가 대단히 힘들지만,
나는 차라리 그들이 그러기를 바란다. 그래야만 스스로를
지킬 수 있으니까. 어찌 알랴. 다음에 그들이 마주칠 인족이
냥 천사와 마찬가지로 선량할지 아니면 악랄하고 위험할지.

그런데 이따금, 그런 본능을 거스르는, 밥은 원하지
않고 오로지 사랑만을 원하는 고양이가 있다. 지금까지도
나는 그들과 우리의 관계를, 복잡한 감정이 수없이 뒤얽힌
그런 관계를 묘사할 길이 없다. 어쩌면 홍일법사弘一法師🐈가
세상을 떠나면서 남긴 말 '비흔교집悲欣交集'✒️에 가까울지도.
나 자신이 무수한 전투를 겪어 온몸에 상흔이 아로새겨진,

흉터마다 기나긴 이야기가 담긴 노장군처럼 느껴질 때가 더 많지만 말이다(정말 내 몸에는 할퀴어진 상처가 겹겹이 나 있다).

가장 전형적인 고양이는 바로 따님냥이다. 일찍이 우리 싱창리의 길고양이 대왕이었던 아빠냥의 딸. 엄마 잃은 따님냥이 우리에게 접촉을 허락했을 때는 어느덧 성숙한 미묘가 되어 있었기에 집에 들일 수가 없었다. 집 안에 이미 열 마리 안팎의 묘족이 있다는 것은 별문제가 아니었지만, 열 마리 안팎의 견족도 있다는 것이 문제였다. 다 자란 길고양이는 성격이 정형화되어 그들의 불구대천 원수인 견족과 한 지붕 아래 사는 일을 받아들이지 못했다. 그나마 따님냥의 영역이 우리 골목 어귀의 삼거리 일대와 가까워서 다행이었다. 따님냥은 이 집 발코니나 저 집 뒷마당 세탁기 위에서 돌아가면서 잤다. 이미 중성화를 했으니 따님냥을 쫓아다니거나 영역에서 몰아내려는 수고양이는 없을 터였다. 따님냥에게는 이생에서 가장 중요할지도 모르는 출산과 양육의 의무와 원동력이 더 이상 존재하지 않았다.

🐱 중국 근대미술의 선구자이자 종합예술인 리수퉁李叔同이 불교에 귀의해 얻은 법명.

✒ '슬픔과 기쁨이 뒤섞인 마음'라는 뜻.

우연히 어느 집 담장에 맹한 표정으로 앉아 있는 따님냥을
볼 때면 너무나도 미안한 마음이 들었고, 따님냥이 다른
기나긴 시간을 어떻게 보내는지까지는 차마 생각할 수도
없었다—다른 시간? 그렇다. 하루에 십 분에서 삼십 분쯤
되는 그 시간을 제외한 나머지 시간 말이다.

따님냥은 우리 집 나무 대문 소리를 기가 막히게
알아들었다. 대문 소리만 났다 하면 십 미터쯤 떨어진
곳에서 네발을 가지런히 모으고 단정히 앉아 기다리고
있었다.

우리는 보통 전봇대 아래 뽀리뱅이 덤불 속에 물그릇을
감춰두고서(심심하거나 까다로운 이웃이 엎어버리거나
갖다버리지 못하도록) 깨끗한 물을 채워주고 맛있는 간식을
부어주었다. 하지만 따님냥은 아무리 배가 고파도 냄새를
맡지도 거들떠보지도 않았다. 그저 그날 바삐 길을 나서는
인족의 몇 분을 붙잡고 약간의 온기와 위로를 얻으려
할 뿐이었다. 따님냥은 우리의 두 다리 사이에 얼굴을
비벼대며 애교를 부렸다(이따금 위아래로 검은 옷을 입고
외출할 때면 나는 짐짓 모진 척 결연하게 말했다. "따님냥, 오늘은
안 돼요, 회의가 있어"). 인족이 차마 걸음을 못 떼고 쪼그려
앉으면, 몸을 타고 올라온 그는 고개를 들어 인족의 얼굴을

빤히 쳐다보다가, 점이나 주근깨 또는 얼굴에 어른거리는 빛과 그림자를 발바닥으로 톡톡 건드렸다. 도저히 못 참겠다 싶으면 모든 용기를 끌어모아 인족의 턱을 살짝 깨물기도 했다.

대개 가장 마음이 여린 사람은 톈원이었다. 화창한 날이면 톈원은 아예 책 한 권을 들고 나가 남의 집 대문간에 앉아 한 시간쯤 따님냥을 무릎에 올려놓고 단잠을 재워주었다.

지금껏 사 년째 이런 식이다.

가장 최근에 만난 고양이는 바로 소삼색小三花이다.

소삼색이 처음 나타난 곳은 신하이로에서 멀지 않은 츠후이궁慈惠宮 제단 앞이었다. 우리가 발견했을 때 소삼색은 길가 개수로에서 먹이를 찾고 있었다. 기름때와 상처로 뒤덮인 작은 몸뚱이가 납작 엎드려 있었는데, 애옹 소리를 듣고서야 쥐가 아니라는 걸 알았다. 아무래도 막 젖을 뗀 나이 같았는데 이유는 몰라도 엄마를 잃은 지 한참 되어 보였다. 그래서 우리는 금로金爐 🐱 곁에 정기적으로 밥을 놓기 시작했다. 며칠 지나지 않아 그 근방 이웃 사람이

🐱 타이완 사람들은 소원을 빌기 위해, 또는 죽은 이를 위해 종이 화폐를 태우는 풍습을 갖고 있다. 금로는 종이 화폐를 태우는 커다란 소각통이다.

쌓아둔 잡동사니 틈바구니에서 겁 많은 젖소냥 아가
한 마리를 또 발견했다. 한동안 우리는 그들을 '금로
고양이'라고 일컫다가, 자연스레 소삼색과 루루ㄲ갸라고
부르게 됐다.

시간이 흘러 마침내 소삼색을 만질 수 있게 되자 우리는
그를 서둘러 수의사 우 선생에게 데려갔다. 대강 씻기고
나서야 털색이 제대로 드러났는데 소삼색의 상처들은
너무나도 심각한 지경이었다. 그런 상처는 지금껏 본 적이
없었고, 우 선생조차 울컥한 나머지 우리에게 위로나 격려
한 마디 건네지 못했다. 우 선생은 그저 방울약 하나를
주면서 한 달 동안 하루에 두 번씩 꼭꼭 먹여야 효과가
있다고 했다. 집고양이에게는 어렵지 않은 치료법이었지만,
언제 모습을 드러낼지 모르는 길고양이에게는 그저 최선을
다해주고 하늘의 뜻을 기다리는 수밖에 없었다.

하지만 톈원과 나는 비가 오나 바람이 부나 빠짐없이
그 일을 해냈다(딱 하루, 란보저우ㅆ博洲 🐱의 입법 위원 선거운동을
돕느라 온 가족이 먀오리苗栗의 퉁뤄銅鑼에 가서 거리 청소를 한 날만

🐱 타이완의 기자·르포 작가·소설가·역사학자. 영화 「호남호녀」는 그의
소설 『포장마차의 노래幌馬車之歌』를 바탕으로 주톈원이 각본을 쓰고 허우샤
오셴이 연출을 맡은 작품으로 금마장 세 개 부분에서 상을 받았다.

빼고). 소삼색도 조물주가 악랄한 장난을 치기 전의 원래 모습을 되찾음으로써 우리에게 힘껏 보답했다. 절에 앉아 차를 우리는 노인들조차 우리 이인조 캣맘이 출동하는 모습을 보면 민난어로 그 벌건 고양이가 어디어디 있다고 소식을 전해주었다. 그렇다. 벌건 고양이 소삼색의 몸에는 주홍색과 까만색 반점이 발묵潑墨 기법으로 큼직큼직하게 찍혀 있었다. 가장 특이한 부분은 까만색으로 깔끔하게 덮인 오른쪽 이마와 뺨이었다. 눈까지 새까맣게 덮인 모습이 딱 안대를 한 외눈박이 해적 선장 스타일로, 카리스마가 아주 대단했다.

게다가 소삼색은 수줍음도 겁도 많은 어린 남동생 루루를 엄청 챙겼다. 우리가 밥을 줄 때마다 바로 먹는 대신 잡동사니 틈에 숨은 동생을 야옹야옹 소리쳐 불렀고, 남몰래 기회를 엿보는 동생을 위해 우리에게 거듭 친밀하게 비비적거리는 시범을 보였다. 우리가 소삼색을 입양시키려는 생각을 잠시 접은 것도 이 때문이었다. 동반자가 사라지면 루루는 생존 능력이 몹시 떨어지는 길고양이가 될 게 틀림없었으니까.

속절없이 시간이 흐르는 동안에도 나는 소삼색에게 좋은 집사를 찾아주고픈 마음을 남몰래 품고 있었다. 그렇다고

그를 우 선생의 입양 우리에 가둬놓고 구경거리로 만들고
싶지는 않았다. 그래서 친구들 가운데 고양이를 사랑하지만
한 마리만 키우는 추안민初安民, 주웨이청朱偉誠, 난팡쉬南方朔
그리고 나이 든 고양이 삼모자를 키우는 첸융샹錢永祥
선생님을 표적으로 삼고, 그들을 걱정하는 척하며 소삼색을
어디로 밀입국시킬 수 있을지를 살피기 시작했다.

그 무렵 웨이청을 꽤 자주 만났는데 그때마다 그가
키우는 안도(웨이청은 일본 건축가 안도 다다오를 좋아한다)가
잘 지내는지 미심쩍다는 듯 자꾸만 물었다. 혼자 사는
고양이는 매우 외롭고 심심할 것이며 심지어 우울증이나
이상행동을 일으킬지도 모른다고 암시하면서. 끝내
웨이청이 우리에게 요즘 뭐 하느라 바쁘냐고 물어왔다.
드디어 기회가 찾아온 것이었다. 나는 우물쭈물하면서
두루뭉술하게 대답했다. "……으응, 고양이 한 마리를 새로
돌보게 됐는데…… 못생긴 어린 길냥이야." 예전에 안도의
사진을 본 적이 있었다. 눈부시게 멋진 고양이 왕자를
키우는 웨이청이 소삼색을 싫어할까 몹시 걱정스러웠다.
끔찍한 상처를 다 치료하긴 했어도 소삼색은 남들 눈에는
여전히 못생긴 고양이일 테니까. 더 미안하고 속상한
것은, 뜻밖에도 내 입에서 진실이 튀어나오고 말았다는

사실이었다.

그렇게 시간을 질질 끄는 동안 소삼색은 우리를
사랑하게 됐다. 소삼색은 천성과 본능을 거슬러 밥도
먹지 않고 오로지 우리 꽁무니만 따라다니려 했다. 그러면
보통은 마음을 독하게 먹고 금로를 둘러친 높직하고
평평한 난간에 소삼색을 안아 올려놓고는, 그가 뛰어내릴까
말까 망설이는 틈을 타서 뒤도 돌아보지 않고 성큼성큼
자리를 뜨곤 했다. 딱 한 번 롯의 아내처럼 뒤를 돌아본
적이 있는데(작년 12월 24일이었다), 소삼색은 이미 난간에서
뛰어내려 길모퉁이까지 따라와서는 큰길을 앞에 두고 나를
계속 뒤따를까 말까 망설이고 있었다. 걱정스러운 나머지
내가 잠시 발걸음을 멈춘 그 순간, 소삼색은 따라오기를
포기하고 그 자리에 앉았다. 차, 사람, 개 짖는 소리,
산들바람, 하얀 나비…… 눈앞을 오가는 수많은 사물의
방해 때문에 소삼색은 원래 일편단심으로 뒤쫓으려던 나를,
그리 멀리 떨어져 있지 않은 나를 보지 못했다. 그 모습은
내 기억 속에 영원토록 아로새겨져 있다. 그 자리에 단정히
앉아 바람결에 실려오는 내 소식을 포착할 방법을 골똘히
궁리하던 조그맣고 당찬 외눈박이 해적—내가 세상을
뜰 때 나의 망막을 빛의 속도로 스쳐가는 화면 가운데

길에서 떠돌다 온 고고

반드시 이 장면이 포함되어 있을 것이다.

그 뒤로 두 번 다시 그를 보지 못했기에.

나는 믿는다, 소삼색처럼 사랑할 줄 아는 사람이 있다고.
지나가는 어느 마음씨 착한 엄마가 소삼색을 데려가기로
마음먹었을 거라고. 점심 무렵 우리가 고양이에게 밥을
줄 때는 마침 근처에 있는 신하이초등학교 저학년 오전반
수업이 끝날 즈음이라 젊은 엄마나 할머니, 할아버지가
아이를 데리고 지나가는 모습을 자주 본다. 인족을
관찰하기에 가장 좋은 시간이다. 걸음을 멈추고 호기심

가득한 얼굴로 쪼그려 앉는 아이들도 있다. 밥 먹는 고양이를 놀래지 않으려 누나가 남동생에게 소곤소곤 말한다. "고양이 좀 봐, 너무 귀엽다!" (소삼색은 바로 이런 아이들 집에 갔겠지.) 어떤 아이는 신이 나서 다가오지만 엄마가 뒤에서 고래고래 소리친다. "고양이가 얼마나 더러운데! 당장 떨어져, 사스 옮는다!" 우리가 있어도 돌이나 막대기를 주워들고 고양이를 쫓아다니며 발을 구르고 소리 지르는 아이도 있다. 내가 말릴 때("다들 엄마가 없어. 얼마나 안됐니" "얘가 너만큼 커도 이렇게 괴롭힐 수 있겠니?") 어른들은 대개 냉담하게, 혹은 귀찮다는 듯 한쪽에 서 있을 뿐이다. 아니, 당연히 말릴 생각도 못할 테지. 그들은 '크고 작고, 강하고 약하고'에 가장 민감하게 반응하는 부류니까. 장차 상사나 권력자에게는 굽신거리며 복종하고, 부하나 약자 또 늙거나 어린 가족과 친척에게는 거만을 떨며 괴롭힐 것이 틀림없다.

　도무지 알 수가 없다. 아이들에게 '학습'을 시킨답시고 온갖 학원을 부지런히 오가게 하느라 돈을 펑펑 쓰는 부모들이 어째서 이런 공짜 생활교육에는 아무 관심도 없는 걸까. 작고 약한 생명을 평등하게 여기고 존중하며 친절히 대하는 법을 배우면 다른 힘없는 이들에게도 그런

소삼색의 남동생 루루(오른쪽)와 하이탕.

마음을 품게 된다. 이 가치를 소홀히 여긴 대가는 언젠가 늙고 약한 부모에게 돌아가고 말 거라고 나는 믿는다(이런 일깨움과 '공갈 협박'이 조금이라도 쓸모가 있을까마는?).

소삼색이 사라진 뒤 우리는 몇 달이라는 시간을 더 들인 끝에 그가 아끼고 사랑하던 남동생 루루를 입양했다. 지금 루루는 우리 집 열세 번째 고양이가 되었다.

사람을 사랑하게 된 고양이, 그들의 운명이 꼭 그렇게 야릇하고 예측 불가능하지만은 않다. 이번에는 웃음소리와 즐거움이 넘치는 몇몇 사례를 이야기해보련다.

앞에서도 언급했던 이스터섬의 모아이 같은 고고.
고고는 무뚝뚝한 성격에 인족과도 그다지 친밀하지
않아서 밥 먹으러 집에 오는 시간 말고는 대부분 이리저리
어슬렁거리며 지냈다. 심지어 우리 집 뒤쪽 빌딩 사이의
녹지 덤불에서 자기도 했다. 그런데 고고는 '어떻게 된
일인지는 몰라도' 텐원의 방에서 소심하고 예민한 고양이
삐삐이와 토로가 오랫동안 지내고 있다는 걸 알게 됐다.
거기 들어가면 틀림없이 재미있는 일이 있을 거라는 기대에
부푼 고고는 방충문을 사이에 두고 텐원을 자꾸만 불렀다.
하지만 방문은 열리지 않았고, 영문을 알 수 없던 고고는
결국 텐원에게 사냥물을 바치고 입장권을 얻어내기로
결론을 내렸다. 고고는 도마뱀붙이를 사냥해 온전한
모습으로 텐원의 방문 앞에 놓아두었고, 그 밖에도 참새,
메뚜기, 커다란 거미, 배추흰나비, 날개미…… 를 잡아다
놓았다. 그때마다 위층에서 텐원이 문을 열고 큰 소리로
감사를 표하는 게 들려왔다. "고마워, 정말 고마워." 그러면
나는 놀라움과 기쁨과 감동으로 가득한 텐원의 말투에
감염되어 나도 모르게 소리쳐 묻곤 했다. "오늘은 무슨
선물?" "아이고, 바퀴벌레야." 텐원은 고고가 사람 말을
알아들을까 봐 나직이 대답했다. 어쩌나, 텐원의 천적이

바퀴벌레인데.

　사람을 사랑하게 된 나머지 자신의 본능과 천성을 차츰
잃어가는 고양이도 있다. 신신이 그랬다. 신신의 정식
이름은 신하이. 그는 신하이초등학교 길냥이 가족 가운데
우리 집에 온 유일한 고양이로, 그 과정은 그야말로 식은
죽 먹기였다. 여름밤, 우리가 학교 운동장에서 달리기와
농구를 하는데 연 이틀간 아기고양이 울음소리가
들려왔다. 왠지 우리를 표적 삼아 부르는 듯하여 그 소리를
따라가보았고, 소리의 주인공을 어렵지 않게 찾아냈다.
완메이 거리 쪽 담장 아래에 있는 화단 깊숙한 곳에
작디작은 고양이 한 마리가 하얀빛을 내뿜으며 단정히
앉아 있었다. 나는 바닥에 엎드려 팔을 뻗고 고양이를
부르면서 그가 나오기를 기다렸다. 신신은 (이를 악물고)
딱 삼 초를 생각하더니 유유히 걸어 나왔다. 내 품에 안겨
집으로 가면서 발버둥치지도 울지도 않았다. 가로등 아래서
보니까 하얀 바탕에 주황색 얼룩무늬가 있는 고양이였다.
깨끗한 몸에서 옅은 침 냄새가 풍기기에 나는 한껏
칭찬해주었다. "엄마가 너를 참 잘 보살펴줬구나." 나중에
알고 보니 신신은 스스로를 잘 돌보는 고양이로 하루 종일
털을 고르고 몸단장을 했다. 신신은 경솔하게 입을 열거나

웃지 않는 엄숙한 사미승이었다. 짐작건대 그날 밤 신신은
동쪽으로는 진흙땅을 둘러보고 서쪽으로는 아름답지만
비가 쏟아질 듯한 밤하늘을 올려다보며 생각했으리라.
"안 되겠다, 더는 못 기다려." 그러고는 마침내 인족에게
의탁하기로 마음먹었을 터.

　신신은 스스로를 사람과 너무 동일시한 나머지 천성과
본능이 눈에 띄게 퇴화했다. 식탁에서 장롱으로 뛰어오르는
일은 우리 집 묘족이 하루에도 수없이 행하는 일상적인
일이지만, 신신은 뛸 준비를 굉장히 오랫동안 해야 했다.
마치 할리우드 스턴트맨이 고층 빌딩 사이를 훌쩍 날아갈

뭔가 어색한 신신.

준비를 하듯 신중하기 그지없는 태도였다. 현장을 지나가는 인족은 다들 신신에게 이렇게 충고했다. "머리를 쓰자, 머리를!" 경험이 풍부한 인족은 곧이곧대로 말하기도 했다. "떨어지겠네." 불행히도 신신은 그 말대로 찬장에 부딪혀 바닥으로 떨어졌고, 웨지우드나 코펜하겐 커피잔을 깨뜨리는 일도 왕왕 있었다.

이러느라 신신은 네 다리를 번갈아가며 다쳤고, 가장 심하게는 오른쪽 뒷 발바닥이 골절되기까지 했다. 그 바람에 오랫동안 발끝으로 희한하게 걸어다니게 돼서 '말레이맥'이라는 별명을 얻었다.

뜻밖에도 나이가 들수록 상황이 더 심각해졌다. 이따금 신신은 텔레비전에서 냉장고로 뛰어오르려 했다. 그럴 때면 엉덩이를 씰룩씰룩거리며 뒷다리를 모아 한참 동안 뛸 준비를 했고, 불시에 야옹 하고 외치며 스스로를 북돋웠다. 그 소리에 현장에 있는 사람들도 신문에서 눈을 떼고 덩달아 응원을 보냈다. "성공할 거야! 성공하자!"

몇 번은 성공했다.

신신이 고양잇과 동물 특유의 민첩성을 잃은 사례는 이뿐만이 아니다. 우리 고양이들이 오랫동안 질리지도 않고 열중하는 구슬 놀이가 있다. 욕실을 경기장 삼아 구슬을

튕기고 빼앗는 놀이로 유리구슬이 타일 벽에 부딪히는 챙챙 소리가 참으로 듣기 좋다. 신신도 종종 놀이에 참여했지만 벽에 붙어 지켜보는 관중 노릇만 할 뿐 경기에 끼어들지는 못했다. 어쩌다 구슬이 자기 앞으로 튀면 제 능력을 정확히 아는 신신은 잽싸게 구슬을 물고 경기장을 뛰쳐나와 거실 식탁으로 달려와 인족을 찾았고, 그 대상은 대개 나였다. 그러면 신신은 내 발 사이나 신발 속에 구슬을 넣고 잘 챙겨놓으라고 당부했다.

이 신탁을, 나는 정말 무한한 영광으로 여겼다.

신신은 또 내가 책이나 신문에 고개를 파묻고 앉아 있으면 높은 곳에서 내 목덜미로 파고들었다. 두 앞발로 커다란 내 머리를 감싸 안고 머리카락 냄새를 킁킁 맡다가 생각날 때마다 내 귀에 뜨거운 입김을 불어넣었고, 때로는 내 목을 조르며 목젖을 깨물려 했다. 나는 간지럽고 아파도 차마 거부하거나 피하지 못한 채 힘겹게 웃으며 눈물을 찔끔 흘리곤 했다. 이는 신신이 다른 묘족 누님과 형님에게 하는 애정 표현과 완전히 똑같은 몸짓이었고, 인족으로서 이런 대우를 받은 나는 그 사실이 무지무지 자랑스럽고 행복했으니까.

싱창리 고양이의 독백:
우리가 서로를
용인하기를

가장 작고 약해 엄마에게 버림받은 아가냥. 나중에 우리 집에 와서 유월이 되었다
(6월 6일에 왔기 때문).

목욕한 유월.

연이은 태풍의 틈새, 나는 싱창리 산비탈 어느 동네에 있는 빈터의 홍콩야자 울타리 밑에서 태어났어. 마치 백두옹이 물어온 보리수나 뽕나무 씨앗처럼 말이야.

엄마가 아기들을 몇 번이나 낳았는지, 우리 형제자매를 몇 번째로 낳았는지는 나도 몰라. 길에서 떠돌아다니는 우리 엄마가 언제 여기로 오게 됐는지도 모르고. 아무튼 엄마는 이 동네에 사는 인족처럼 여기가 마음에 들었고, 여기에 머물기로 마음먹었어.

엄마는 너무너무 말랐지만(그래도 내가 보기엔 우리 엄마가

유월의 형제자매인 싱창리의 길고양이.

철창에 갇힌 삼 남매(일주일간 공고했지만 입양하려는 주민이 없었기에 모두를 먀오리의 퉁뤄 마을에 있는 외갓집으로 데려갔고, 베트남 가사노동자에게 이들을 보살펴달라고 간곡히 부탁했다).

세상에서 가장 예뻐), 우리 사 남매는 누워 있는 엄마 품에 충분히 파고들 수 있었어. 우리가 앞다투어 젖을 먹으면 엄마는 사랑이 넘치면서도 걱정스럽고 또 슬픈 눈빛으로 우리를 지켜보았어. 엄마한테 무슨 걱정이 있었던 걸까? 나는 잘 몰랐어.

내가 눈이 제대로 보이고 혼자서 움직일 수 있게 되기도 전에 엄마는 여러 번 이사를 했어. 고생스럽게 우리를 하나씩 하나씩 입에 물고서 말이야. 한 번은 태풍 하이탕이 오기 전이었고, 한 번은 어떤 인족이 멀리서부터 발을 쾅쾅 구르며 우산으로 우릴 쫓아냈을 때였어. 또 한 번은 아무래도 엄마가 일부러 보금자리를 옮긴 것 같아. 우리가 뭐라고 할까 봐 그런 건지, 엄마는 이사하면서 가장 약한 동생을 몰래 떨구었어. 식당 뒤에 있는 도랑에서 동생이 울부짖는 소리가 저녁 내내 들려왔어. 그 뒤로 동생이 어떻게 됐는지는 나도 몰라(그는 주씨 집안에 입양되어 열세 번째 고양이가 되었다🐾). 엄마는 왜 그랬을까? 엄마 젖이 모자라져서 우리가 배고플까 걱정이 됐던 걸까? 아무래도 엄마는 걱정이 지나치게 많은 것 같아. 착하고 친절한

🐾　저자의 입장에서 기술.

인족이 생선이랑 밥을 엄마한테 몰래 가져다주는 걸 나는 봤거든. 그리고 언젠가 먹을 것이 진짜로 모자라게 되어도, 나는 절대 다투지 않고 다 같이 공평하게 나눠 먹을 거야. 맹세해.

인족처럼 돈을 주고 집을 사거나 관리비를 내지 않기 때문에 우리에겐 살아갈 권리도 없는 걸까? 어떤 인족은 우리를 보자마자 때리고 쫓아내려 하더라. 게다가 우리한테 몰래 먹을 것을 주거나 비 오는 날 오토바이에 천을 씌워서 우리가 다 같이 비바람을 피할 수 있게 해주는 이웃 사람들한테도 막 뭐라고 하고.

우리는 인족이 우리를 좋아하는 것도 싫어하는 것도 바라지 않아. 그저 어떻게든 살길을 찾으려는 것뿐인데, 이게 그렇게 힘든 일이야? "인족은 모든 걸 독차지한 욕심쟁이들이야. 왜 미워하면 안 돼? 인족은 우리를 미워하잖아!" 내가 인족을 욕하면 엄마는 그러지 말라고 해.

인족은 우리가 아무 데나 똥을 눈다고 싫어해(자기들은 똥도 안 누나?). 그래, 나는 가끔가다 나무 아래 풀 사이에 똥을 누는데, 어쩌다 그곳이 인족이 금지하는 곳일 때가 있어. 만약 마음씨 착한 인족이 고양이 모래 상자를 놓아주고 싶어 한다면 기꺼이 써줄 텐데. 우리 묘족은 아주 깔끔하기로 유명하잖아. 어떤 인족은 우리가 아무 짝에도 쓸모없다고 여겨. 그들은 우리 엄마랑 우리보다 먼저 태어난 언니 오빠들이 얼마나 훌륭한 밤의 사냥꾼인지, 바퀴벌레하고 쥐를 얼마나 많이 잡는지 모르나 봐. 또 어떤 인족은 우리를 보면 구역질이 난다고 싫어해. 보니까 그들은 걸핏하면 돈이랑 시간을 써가며 어린 인족을 멀리 무자동물원에까지 데려가던데. 거기서 밀치락달치락해가면서 동물원 우리 안에 있는 벵골 호랑이를 구경하던데. 우리의 친척인 호랑이는 역겹지 않은가 봐?

우리 엄마가 아기를 너무 많이 낳는다고 싫어하는 인족은 더 많아. 이것 때문에…… 우리는 너무너무 슬펐어. 얼마 전에 다른 동네 인족 아주머니 셋이 엄마를 붙잡아 동물병원에 데려갔는데, 엄마가 며칠이고 돌아오지 않았어(우리가 꼭 붙어 자던 엄마 품이 없어져서 얼마나 무서웠나 몰라. 그렇게 며칠 밤이나, 심지어 무시무시한 태풍 탈림이 휘몰아친 날에도 엄마는 오지 않았어). 우리에게 돌아왔을 때 엄마는 귀 끝이 잘려 있었어(얼마나 아팠을까!). 그건 엄마가 인족 집에서 살지는 않지만 중성화된 고양이라는 표시야.

아기를 낳아 인족을 성가시게 할 일이 다시는 없다는
뜻이지.

　그렇게까지 하고도 불만이 남은 인족이 있을 줄이야.
그들은 환경보호국에 전화를 걸었고, 우리 삼 남매를
철창에 가둬버렸어(맙소사, 우리는 같이 놀자고 먹을 것까지
마련해놓은 줄 알고 제꺼덕 들어갔지 뭐야). 그들은 우리를
입양할 인족이 며칠 안으로 나타나지 않으면 '처리'를 위해
보내버릴 거래. 독약을 주사해 우리를 죽인다는 뜻이야.

　인족이 은근슬쩍 계속 '처리' '처리' 하는 소리가
들려왔어. 우리가 꼭 생명 없는 쓰레기란 듯이. 인족 어른은
그 사실을 자기 아이(이를테면 저녁마다 나한테 간식을 주고
같이 노는 ×동 ×호 여자애)한테 솔직히 얘기할까? 머지않아
우리를 처형하러 보낼 거라고?

　"그치만 왜?" 아이가 이렇게 물으면 그 인족은 뭐라고
답할까나.

　우리 엄마와 예전에 몇 번 만난 적 있는 내가 추앙하는
어르신(온몸이 상처로 뒤덮여 있어서 오랫동안 떠돌이로
살았다는 걸 한눈에 알겠더라)이 나한테 일러준 얘기가 있어.
우리가 사는 이 일대는 이 섬나라, 이 도시 가운데 주민들
교육 수준과 진보 의식이 꽤 높은 곳이라나. 그러니까

여기서 살아가거나 돌아다닐 수 있는 건 우리에게
행운이자 행복이라고.

행복? 그게 뭔데?

우리는 날이면 날마다 배부르고 따뜻하게 지내길 바라는
게 아닌데. 인족한테 우릴 사랑해달라는 것도 아닌데.
엄마랑 형제자매들이랑 영원토록 헤어지지 않으리라는
꿈은 꾸지도 않는데. 그렇지만 밤마다 이 마을 인족의
집집마다 불빛이 반짝이는 광경을 보면, 행복이란 느낌이
어떤 것일지 조금은 알 것도 같아.

나는 그저, 똑같이 이 지구에 왔다 가는 나그네인 우리가
서로를 받아들이길, 살길을 끊지 않기를 바랄 뿐이야.
삶도 죽음도, 행복도 불행도 찾아오는 대로 알아서 맞이할
테니까(사실 길고양이의 수명은 기껏해야 이삼 년이라고).
이게, 너무 사치스러운 꿈일까?

안녕, 엄마.

안녕, 한때 우리를 생각해줬던 모든 인족.

—내일이면 떠나야 하는 어린 고양이

촬영 우페이위吳佩諭.

옮긴이의 말

"주톈신은 내가 아는 작가 가운데 가장 강철 같은 심장을 가진 사람이다." ―주톈신의 친구 양자오楊照🐱

"주톈신은 정이 깊고 민감하며 정의감이 넘치고 사소한 일들까지 전부 기억하다 보니 수시로 곤경에 빠지는 그런 사람이다…… 그 독특한 생명의 곤경이 바로 그의 글쓰기의 가장 깊이 있는 부분일 것이다." ―주톈신의 남편 탕누어

🐱 타이완의 작가이자 인문학자. 젊은 시절 주톈신·주톈원·탕누어와 함께 문학잡지 『삼삼집간三三集刊』을 펴냈다. 『논어를 읽다』 『인생과의 대결』 『영원한 소년의 정신』 『이야기하는 법』 등이 국내에 번역되어 있다.

'타이완의 프랑수아즈 사강'이라 불리는 작가 주톈신. 열일곱 살에 쓴 자전적 산문 『격양가擊壤歌』로 문단의 주목과 대중의 사랑을 한몸에 받은 그는 이후 권촌眷村 🐱 문화와 사회 문제로 시선을 넓혀 많은 작품을 썼다.

주톈신의 가족은 타이완에서 '문학세가'로 불리는 유명한 가족이다('세가'라고 해서 무슨 권세가 있는 집안은 아니다. 이들은 돈과 권력과 명예를 얻을 많은 기회가 있었음에도 쓰고 싶은 것만 쓰며 소박하게 살아왔다). 그런데 소설가 아버지와 번역가 어머니는 세 딸에게 글쓰기나 문학을 가르친 적도, 어떤 책을 읽으라고 권한 적도 없었다. 그저 이런저런 이야기를 끊임없이 들려주었을 뿐이라고. 톈원, 톈신, 톈이 자매는 어릴 적부터 작은 거실에 모여 앉아 자유로이 책을 읽고 공부하고 글을 썼고, 저마다 개성이 뚜렷한 작가가 되어 '타이완 문학계의 빛나는 보석'이라 불리게 됐다. 주톈신의 남편 탕누어 또한 전방위

🐱 제2차 세계대전 이후 타이완을 접수하기 위해, 혹은 1949년 국공 내전에 패한 국민당 정부를 따라 타이완으로 건너온 외성인들(주로 군인 가족)의 폐쇄적인 집단 거주지. 군인 출신 외성인 아버지와 본성인 어머니를 둔 주톈신은 어린 시절을 권촌에서 보냈다. 1980년대부터 권촌 철거 정책이 시행되자 주톈신과 주톈원을 비롯한 많은 2세대 외성인 작가들이 권촌 생활을 기억하고 증언하는 '권촌문학'을 창작했다.

인문학자이자 작가로 한국에도 여러 작품이 소개되어
있으며, 외동딸 몽몽(본명은 셰하이멍謝海盟)까지 작가가
되었다.

가난하던 시절, '주씨네 집'은 수많은 문인 삼촌과 이모가
들락거리는 안식처였다. 주말에 주씨네 집에 와서 배를
채우고 문학을 논하는 것은 그 시절 그들에게 가장 큰
즐거움이었다(훗날 타이베이의 산비탈 동네로 이사한 집에는
자매의 문학청년 친구들이 모여들었고, 탕누어도 여기서 죽치고
살다시피 했다. 그의 말에 따르면, 주시닝은 "맛있는 것, 재밌는 것은
모두 우리에게 남겨둔 채 사자처럼 옆에서 우리를 지켜준 분"이었다).

그런데 주씨네 집은 또 다른 식구들로 늘 북적였다.
햇볕 잘 드는 소파를 버젓이 차지한 그들은 바로 개와
고양이였다. 언제부터 고양이를 좋아했느냐는 질문에
주톈신은 "지난 세기부터, 아니 태어나고부터"라고 답한
바 있다. 세 자매는 어린 시절 어머니에게 안겨 있는
사진이 없다고 한다. 사진 속 어머니는 늘 개나 고양이를
안고 있고, 어린 자매들도 그 옆에서 동물을 끌어안고
있는 모습이라고. 어머니는 시장에서 엄마 잃은 강아지를
데려오고, 아버지는 친구 집 고양이가 낳은 새끼를
데려오고…… 자연스레 딸들도 하굣길에서 만난 꾀죄죄한

강아지와 아가냥을 거리낌 없이 품에 안고 왔다. 주텐신은 말한다. "우리도 어딘가를 떠돌다가 부모님에게 거두어진 것이 아닐까?"

주텐신이 '가장 좋은 시절'이라고 말하는 어린 시절은, 다들 먹고살기 힘들어서였는지 오히려 다른 생명의 힘겨운 삶에 더욱 공감하던 시절이었다. 동물을 상품처럼 사고팔지도 않고 품종을 따지지도 않던 시절, 하지만 어느 집에건 개나 고양이가 자연스레 살고 있던 시절. 사람들은 마을 어귀로 흘러든 떠돌이 개를 내쫓거나 학대하지 않고 먹을 것과 머물 자리를 내주었다. 임신한 들고양이에게 출산할 자리를 마련해주고 새끼들을 보듬어주었다. 개 짖고 고양이 싸우는 소리는 사람 사는 소리만큼 자연스러웠다. 그런데 희한하게도 물질적으로 풍요로워지고 의식이 진보할수록, 인간은 관용도 인내심도 상실한 채 모든 생명의 가장 큰 천적이 되어가는 것만 같다.

지금도 주텐신은 한집에 사는 언니 주텐원과 함께 수십 년을 하루같이 길고양이를 보살피고 있으며, 길고양이 TNR을 비롯한 동물 보호 운동도 적극적으로 펼쳐왔다. 다만 주텐신은 '동물 보호 운동'보다 '약자 보호 운동'라는 이름을 원한다. 그가 보기에 길에서 떠도는 동물들은 말도 못하고 권리도 없고 투표권도 없는 약자 중의 약자이기에.
주톈신은 말한다. 인간은 다른 모든 생명과 영혼을
존중할 의무가 있다고. 자신은 작가이기 이전에 한 사람의
시민이니, 책임감 있는 목소리를 내야만 한다고. 자신의
노력이 무의미하다고는 믿지 않는다고, '가장 좋은 시절'은
과거와 추억 속에만 존재한다고도 믿지 않는다고.

　그에게 이 책은 "우리가 세상의 모든 아름다움과
괴로움을 대면하기를 바라는 기도"와도 같다. 밤낮으로
길고양이를 돌보는 사람들에게 위안과 용기를 주는
동시에 자신이 실천적 삶을 살아가게 하는 버팀목이기도
하다. "내 글이 아무런 영향도 미치지 못하리라고는 믿지
않는다. 이것이 바로 내가 계속 글을 써나가는 동력이다.
하나의 생명으로서 나는 감정이 있고 생각이 있고 개성이
있으며 내가 처한 현실에 관심이 있다. 어떤 상황이라
해도 자신만의 작은 공간에서 살아갈 수 있는 사람도
있지만, 나는 그게 안 되는 사람이다." 타이베이 골목골목에
조심스레 숨겨져 있는 작은 물그릇, 길고양이 밥을 주는
사람에게는 아주 익숙한 그 물그릇을 볼 때마다 뭉클한
마음이 든다는 그는 그것만큼은 지켜내고자 애쓰고 있다.
"길고양이에게도 대형 포유류에게도 다른 사람들에게도

이렇게 대하는 곳, 그게 바로 내가 좋아하는 따뜻하고
다정한 곳이다."

　아울러 톈원, 톈신 자매 말고 이 이야기에 언뜻언뜻
등장한 다른 인족의 면면도 간단히 소개해보겠다. 아버지
주시닝은 1949년 항일전쟁 시기에 군대에 지원해
1972년 제대한 군인 출신 소설가다. 그는 사병 시절에도
장교 시절에도 새벽에도 밤중에도 날마다 천 자 이상씩
꾸준히 글을 썼던, 재능과 영감보다는 '근면함'으로
창작하는 사람이었다. 자식들에게도 학생들에게도 조금도
권위적이지 않았으며, 대단히 꼼꼼한 성격이라 세 딸이
집으로 가져오는 공예 숙제를 등불 아래서 모두 마무리해
주었다고도 한다.
　스무 살에 주시닝과 결혼하려고 테니스 라켓과 악보
한 장만 들고 집을 뛰쳐나온 어머니 류무사. 식구들
건사하랴 찾아오는 식객들 먹이랴 '후방 사령관'이
될 수밖에 없었던, 어쩌면 그래서 창작보다 번역을
택했을지도 모르는 그는 시간을 절약하려 커다란 솥에
음식을 아주 많이 하는 '식^海해전술'을 쓰곤 했다고.
입에서는 늘 노래가 흘러나오고 개들과 함께 뒷산에 올라

복사꽃 만발한 마당을 내려다보며 즐거워하는, 언제나 소녀 같은 엄마였다.

어릴 적 천재 언니들 때문에 주눅이 들어 글쓰기를 거부하기도 했던 막내 주톈이는 세 자매 가운데 가장 활동적이고 다재다능하다. 연극과 노래에도 재능을 보인 그는 타이베이공대 재학 시절 청년포크송대회에 나가 상을 받기도 했고, 어린 멍멍에게는 산타 할아버지 같은 통 큰 이모였다. 주톈이는 교사가 되어 오랜 세월 어린이 글쓰기 지도를 해왔으며(그가 쓴 작문 교재는 '마법의 작문 책'으로 불리는 베스트셀러), 동물과 환경 보호에도 열의가 넘친다. 더 많은 동물을 보살피고자 아예 도시를 떠나 산속에 터를 잡았고, 타이완 선주민의 터전을 지키는 일에도 앞장서고 있다.

주톈신의 외동딸 멍멍은 뜻밖에도 어릴 적 자폐에 가까울 만큼 내성적이었다고 한다. 종일 자기만의 공간에 숨어 지내기도 하고, 스스로 새끼 염소가 되어 다정한 이모 톈원을 주인으로 삼기도 했다. 엄마 말은 안 들어도 주인 말은 듣고, 엄마한테 혼나면 주인 방으로 가출해 즐거운 시간을 보냈다고(주톈원과 함께 많은 영화를 만든 허우샤오셴 감독마저 '멍멍, 네 주인 집에 있니?' 하고 물었을 정도). 내성적인

성격은 초등학교에 들어가서도 딱히 바뀌지 않았으며
어떤 선생님을 만나느냐에 따라 성적 기복이 매우
심했다(훗날 알고 보니 멍멍은 아스퍼거 증후군이었다). 멍멍은
엄마의 사랑이 담뿍 담긴 육아 일기 『나는 법을 배우는
멍멍學飛的盟盟』에 엄마가 허락도 없이 자기 그림을 실었다고
몹시 화를 냈고 절대 그 책을 읽지 않았다. 이십 대에는
엄마와 꼬박 삼 년간 냉전을 벌이기도 했는데, 어렵사리
관계를 회복한 모녀는 싸우더라도 말은 하기로 단단히
약속했다. 오랜 세월 자신의 신체와 자아 정체성 사이에서
분투해온 멍멍은 서른 살에 성전환 수술을 받았고,
'엄마 주톈신, 아빠 탕누어'라는 후광 없이 작가로 우뚝
서고자 분전하고 있다.

남편 탕누어는 (류무사의 표현에 따르면) "바둑판 하나,
책 한 권만 주면 위층에서 한 달도 넘게 내려오지 않을"
남자다. 소녀 시절 싼마오三毛🐱처럼 자유로운 영혼이 되려
했던 톈신은 무슨 조화로 이 '괴팍한 원숭이'와 결혼하게
됐는지 어리둥절하다고(탕누어가 주톈신에게 준 첫 선물은

🐱 1970~1980년대 타이완에서 선풍적인 인기를 누린 작가. 사하라사막
과 카나리아제도 등에서 살아가며 자유롭고도 우수 어린 작품을 남겼다.

방독면이었다). 최근에는 포켓몬을 잡으러 밤마다 혼자 나가 두세 시간씩 돌아다니는 통에 주톈신은 다음 날 신문에서 "작가 모씨, 포켓몬 요괴 잡다가 사망"이라는 기사를 보게 될까 조마조마하다. 아무튼 새벽 세 시까지 책 보거나 바둑 두는 것보다는 나가서 걷는 게 낫겠지, 그렇게 생각한다고.

너무나 다르지만 서로를 존중하는 이 부부가 유일하게 충돌하는 부분이 있으니, 바로 '자식 교육' 문제다(둘이 함께 교육잡지 기자와 인터뷰하다가 싸운 적도 있다고). 톈신은 한 번뿐인 삶을 소중히 여기고 열심히 살면서 사회에 공헌해야 한다고 생각하고, 대단히 개인주의적인 탕누어는 아무리 좋은 가치와 신념이라도 남에게 강요해서는 안 되며 그건 자식에게도 마찬가지라고 생각한다.

탕누어와 멍멍은 모두 자아가 충만하며 냉철한 성격이라 한 지붕 아래 살면서도 혼자 사는 사람 같다. 톈신은 때때로 자신이 그 둘을 동굴에서 끌어내 한 가족으로 만들고자 애쓰는 늙은 소처럼 여겨진다고. 심지어 언니 톈원마저 그들과 비슷한 유형으로, 톈신이 한 달간 외국에 나가서 집에 톈원과 탕누어만 남게 됐을 때, 둘은 말을 일절 섞지 않고 각자 라면을 끓여 먹으며 편히 지냈다고 한다.

집에 글 쓰는 사람은 많은데 책상 놓을 자리가 없기

때문에(3층 집이지만 각 층이 6~7평인, 총 20평 남짓한 좁은 집이다. 각별한 애정이 깃든 집이라 아무리 낡고 좁아도 차마 떠날 수가 없다고) 주톈신, 탕누어, 멍멍은 날마다 함께 카페에 가서 오후 두 시까지 각자 글을 쓴다. 그러고 나면 탕누어는 세 사람의 컴퓨터 가방과 무거운 물건을 갖고 집에 돌아가 혼자 책을 읽고 바둑을 두고, 주톈신과 멍멍은 함께 이리저리 거닐며 수다를 떨고…… 언젠가 이들 가족에 대한 책도 소개할 날이 오길 바라며 이만 줄이기로.

타이완의 여러 작품을 읽으면서 사람이나 동네 이름, 기후나 음식 말고는 우리와 너무나도 닮은 모습에 놀라곤 했다. 그런데 길고양이와 캣맘의 처지까지 이다지도 비슷할 줄이야. 길고양이를 아끼고 보살피는 사람이 늘고는 있지만 혐오의 시선과 끔찍한 학대 사건 또한 줄어들 기미가 없다. 고양이를 좋아하거나 동물과 교감해본 분이라면 이 이야기에 깊이 공감하고 눈시울이 젖어들었으리라 믿는다. 고양이를 좋아하지 않는 분, 잘 모르는 분께도 작가의 애틋하고도 뜨거운 마음이 전해지기를 간절히 바란다.

끝으로 거리에서 힘겹게 살아가는 동물들, 버려지고

학대 당하는 동물들, 작고 약한 생명에게 따스한 손길을 내미는 모든 분께 깊은 감사를 올린다. 나와 한 지붕 아래 살아주는 우리 집 묘족과 인족에게도 사랑과 고마움을 전한다.

촬영 딩밍칭丁名慶.

사냥꾼들

초판 인쇄 2023년 11월 22일
초판 발행 2023년 12월 11일

지은이 주톈신
옮긴이 조은
펴낸이 강성민
편집장 이은혜
책임편집 박지호
마케팅 정민호 박치우 한민아 이민경 박진희 정경주 정유선 김수인
브랜딩 함유지 함근아 박민재 김희숙 고보미 정승민 배진성
제작 강신은 김동욱 이순호

펴낸곳 (주)글항아리 **출판등록** 2009년 1월 19일 제406-2009-000002호

주소 10881 경기도 파주시 심학산로 10 3층
전자우편 bookpot@hanmail.net
전화번호 031-955-8869(마케팅) 031-941-5157(편집부)
팩스 031-941-5163

ISBN 979-11-6909-187-9 02820

잘못된 책은 구입하신 서점에서 교환해드립니다.
기타 교환 문의 031-955-2661, 3580

www.geulhangari.com